鲜花寺

雷平阳 著

北 京 出 版 集 团
北京十月文艺出版社

自序

我们一直在挺进中。是吗？我保持谨慎的怀疑。“理尽词穷”我一度认为它只属于谎言制造者，但现在我感觉到它还是诗人的宿命。“挺进”与“理尽词穷”两者之间也许没有必然的逻辑关系，在挺进的状态下理与词未必是其条件，也未必能左右挺进的发生与终止。反之，即使理尽，词穷，挺进也可以在无理与沉默中进行，霸道，尖锐，不关心万物做何反应。

我无意说“挺进”与“理尽词穷”是目前汉语新诗写作现场上体现出来的征候之一，因为它所揭示的身体政治学的亢奋、思想的稀薄和语言的丢失现象，不仅仅存在于诗歌写作的行当内。诗歌写作中的幽微、意外、未知、无物、忘我等元素，也不能纳入到某些铁质的语言或观念的容器内。有此一说，无非是因为我个体的写作旅程中出现了它们这样的怪物如影随形，我感到担忧和害怕。“挺进”抑或“服役”一直被我当成我在写作时应有的精神姿态，它们远离理应千刀万剐的作者优越感，心力、智识、美学观均能通过语言的接引，无畏而又谦卑地去共同完成一个短章，或一个体量在短章之上的作品。而且，“挺进”与“服役”对我而言是以一生的时间来计算的，不是某个时间段。但是，在此“挺进”或“服役”的进程中，一段时间以来，我渐次发现，写作时的精神姿态无论它如何虔诚和肃穆，它也越来越难以保证写作的正常展开了，更别妄谈什么有求必应了。写作自然要“有求”，否则写的意义也就变得虚无了，关键是求什么。梭罗说他是在寻找上帝藏身的地方，罗伯特·哈斯说他在揭示真相即感觉与思想相加的真实，显然这也不是某种精神姿态可以达成的。

我曾多次尝试着阐述自己的写作在求取什么。这本集子中有个短章《众我》，自认我是一个“长着几十个脑袋的我”，不是说有几十个脑袋在替我思考，是说到了现在我还是一个中世纪的幽灵，还在为个体自治和平息内在叛乱而搏命。这也就让我在求什么的时候总是出现某些游移，但其核心不外乎还是梭罗与哈斯两种观点的综合体——与“老天爷”同在的真相。有长期写作经验的人一看就明白，这样的写作诉求无疑是高于人力的，一生的时间如若没有神助，那肯定只会停留在想想而已的情态下，不会有什么写作的收获。事实也如此，当我朝着这个方向——以云南的原生文明特别是民族史诗中不容置疑的叙事方式为母体——艰难地挺进时，众多的业障内现之后，最要命的难题也出现了。因为“老天爷”有形无形地存在于字词中间，我开始放弃与无神论者关系密切的那些名词、动词、形容词，并反反复复地使用数量上处于劣势的有限的词。如此偏激、冒险的行动，当它均衡地分布在我的日常生活中，不用猜测，我身边的一切东西都开始变得反常，而且留在了过滤器上方的少量的词语，似乎也在行动开始后变得僵硬、无力，没有展现出我想象中的圣斗士的威力，“老天爷与真相”同样消失在了外部世界的茫茫迷雾之中。

我视此为我的精神困境，并于这两年尝试着去消弭写作时的“挺进”姿态，以求自己既可以从“长着几十个脑袋的我”中解放出来，也希望再次从语言分列为敌我双方的危局中脱身，重新去辨识语言的本质之美及其力量。也许这反挺进和反语言偏见的写作其成果未必是我等候多时的，但这目光反卷过来坦然地逼视自己的方式肯定是我所需要的。《鲜花寺》乃是在这期间写下，盼望得到诸多方家的指正！

雷平阳

2019年10月9日，昆明

目录

某 1

弹奏 20

制烛 21

抱着一捆稻草去见上帝 22

鸿雁 23

众我 24

什么 25

今夜 26

在阳宗海看戏 27

在弥勒县 29

孤岛上的教堂 31

海边 34

访庙 36

电梯里的镜子 39

山顶 42

动物园 47

登山，致沉河 56

小镇 57

一念 58

在猛虎中学的一个上午 59

澜沧县的落日 61

大雾 62

海滨列车 64

新年统计学，致王单单 65

寓言：信件 68

登大观楼 71

彼时 73

求生如卷入暴乱 74

寓言：击鼓 76

在乌蒙镇小教堂门前 79

秋天 80

暮晚观云 81

公园 82

光芒山 84

寂照庵 86

湖边白日梦 87

松果 89

银杏终于掉光了叶子 90

冈仁波齐 92

在大理三塔景区 93

真实 95

昭通的星空 96

空深 99

湖上诗章 100

北京的雨 121

黎明 122

在高铁列车上 124

今天 130

山中落雪 131

河滩上 132

雪夜 133

鲜花寺 134

某

一

“沉静”中的危险性，分布在他们拥有的
各种蜜糖内。互相疏远的药品、书籍、衣物
外表尖锐的家具和言辞反而保持了善意和平衡
“我怎么觉得自己被窗帘和蚊帐
严密地困住了?”即使在中午
她也会向同样受困于游戏机的少年求助
说不清从哪一个节日开始，他们发现
木柜、清晨、知识，凡此种种身边的一切
无一例外均是有罪的，屋顶是有罪的，邻居是有罪的
黑夜里的手机罪不可赦。所以她执意前往的梦境
也有了牢笼的功能。少年正用狙击步枪
瞄准一头怪兽的脑袋，她求助的声音带来了恶果
——怪兽在子弹射出之前，成功地越过了
游戏与现实的边界：巨爪抓住少年的头发
将少年提起来扔到了凌乱的书房地板上
“妈妈，请给我一杯樱桃汁!”疗伤最需要冰块

但少年忘记了，甚至没有意识到母亲递给他的
只是一杯隔夜的清水，平时用于施舍那些
幻觉中因为说话太多而嘴唇起泡的信徒
有时也用它浇灌从窗台上
移栽到记忆里的铁皮石斛

二

“去飞机场的路到底有多远?”从她所在的角度
看不到刚刚照射到窗外银桦树上的阳光
但她在面对窗户的镜子里，发现了
阳光，以及阳光所带来的飞机起飞时向上的失重
这每天都可能产生的发现与疑问，她并不希望
有人参与进来，而且“反反复复的飞逝与降临”
仿佛一个低俗的方程式，已经失去破解的价值
——在有限的阅读经验中，她也的确在语言的范畴
接触过不少古老的异端：一直被证伪
始终置身在审判台上，得不到广泛扩散，而又
总会死灰复燃的思想和行操。可她并没有足够的勇气
前往深渊去查看它们，直到它们反禁忌地
现身在日常的事件之中，她仍然自我麻痹
将它们等同于门槛、烛光、树叶天生的

对人的敌意。她是如此的憎恨精神上的探险之旅
不断地转换为寻找丢失的钱币的一次次原路返回
“嗯，我得想想，当一些特殊危机骤然来临时
我是否能找到体面的花样去应对!”为此，看见阳光
真实地射击在墙壁的那一瞬，她像一团火焰
在厨房里可怕地燃烧。食品之中，植物类有着
自腐的属性，牛肉与羊肉是祭祀的剩余之物
她将前者摆放在圆形餐桌上，将后者置于
长方形餐桌的中央——“给自己备下
两张餐桌，我只是想弄明白：饥饿至极致时
我会扑向哪一张餐桌，还是继续在两张餐桌间挨饿!”
脸上挂着饥饿的微笑，她企图像寒山子那样
从自己的影子中抓住一群异己分子，让一场
内在的暴乱猛然向外。她的愿望没有得逞
一部电影就此开始没完没了地在餐桌边
循环：暂停、倒回、播放

三

某：在某，失之某，哀于某
某年：蝴蝶战争爆发，地面上
落了厚厚一层触须、翅膀和复眼

街道因此向着天空升高，到达了少女的腰部
某月：无名氏躺在泌尿科的病床上，侧身观看
划过窗口的飞机。病床的高度低于机翼下
大片大片的灰色防盗笼，但离地面足有暗红色的一百米
某日：一份端庄的文件正式将“旅客”
更名为“人体行李”，“医院”“学校”“寺庙”
统一改成“修理厂”。文件的页码有墓碑那么厚

四

天还没黑，一张有污渍的小型银幕
提前挂在了两棵枯死的柳树上。城管队员
遣散了卖唱者、流动摊贩，将报刊亭打包
寄回了印刷厂或纸浆公司，还将卖花的农妇
花瓣、花香、蜜蜂，统一送往无人区
他们唯独对幻术网开一面：“它能教你把血流空
但你的血不会白流。”放映机是老式的长江350氙灯机型
音箱则是两位患上肺结核病的退休电工，蜷缩在
树底的阴影内。影片未经认真的排伪和筛选
直接取自某座民间电影博物馆，夜幕之下
肆无忌惮地发出爆炸、厮杀、集体性倒毙的混响
“站住，你还想逃跑？看老子

一枪崩了你！”一声霹雳般的断喝，路过的人
纷纷停下脚步，真以为身后有人端着冒着青烟的
枪口。“说，你到底说还是不说？如果不把你知道的一切
说出来，你只有死路一条！”没有预兆的审讯常常令人
方寸大乱。内心的秘密，说还是不说？在随后的散步中
你终于忍不住打开了嘴巴上的铜锁，向迎面而来的
陌生人，毫无保留地坦白：姓名，族别，党派，学历，职称
出生年月，家庭地址，身份证号码，联系电话
房产，存款，汽车……每天例行的俯卧撑
你也有意地把其中的一半改成了饮弹身亡的姿势
被一枪崩了的理由比路灯还多，需要在刑罚时
如实交代的“罪过”像公园内暗中怒放的连片的郁金香
“你等等，你等等！”某夜，一位舞剑的老者
追了上来，用剑拦住去路，目光如眼睛里刺出来的剑
逼视着你：“你刚才的申诉我都听到了。这些
隐身的罪人就应该碎尸万段，请你现在
把他们的名单如实告诉我……”电影里的情节
已经不能进行现在时态的修改；里面嵌着的人物
他们投射至我们中间的影子，同样手心握着真理
但你还是把他的剑拨开，走出了几步
突然又转身，将擦汗毛巾搭在他的剑尖上
低声向他问候：“先生，晚安！先生，保重！”

五

“现在”意味着什么？在街心花园人们垫坐的报纸上
你偶然读到了一则故事：古刹的大殿倒塌了
三教九流的人纷纷解囊捐献善款。一座更加庄严的大殿
外加几十块功德碑，很快就出现在人们磕头的地方……
故事至此，“最完美的存在”令人喜不自禁，内心安宁
但这个具有反高潮属性的故事，它没有就此满足信众
罔顾此世的胃口，而是将戏剧性的“现在”
——悬崖边上的升天法会——按正确的比例
提前简化成了两个人的跳伞运动：信众中间
捐资数额最大的那位女士，她固执地爱上了古刹
年轻俊美的住持，住持同样爱上了她亲手建立的
金钱帝国。她们在大殿开光的当天晚上
“像月光里偷窃白银的人们那样”，影子支撑着身体
紧张，决绝，在倒退中用屁股顶开了古刹的后门

六

自己假扮成父亲，在呼啸的空间内
少年结识了不少真实的人：酒吧侍应生、游戏玩家

户外运动达人、刀具或伪币制造者、电子烟批发商
典当行老板……他依靠凌驾在事实上的想象力，胆怯而又
老练地与他们周旋。他相信只要反其道而行之
不与魔鬼见面，不接受非分的馈赠，他就将百毒不侵
——长达几十年的诋毁、敌视、侵犯，他父亲
领受的遭遇教育了他：世界并不指望从某个人身上
得到半点荣耀，它什么也不缺，它只负责
用残忍隐秘的手段羞辱诸君，毁灭诸君
哦，复仇？“花名册上的名字全是恩公，我的父亲
到现在也不敢指认谁戴着脸谱。”他在尝试独立思考之夜
脑袋上方已经向世界伸出了一面白旗。他有权推掉
一张张精美的复仇邀请书，有权排斥以“世界”的名分
展开的围猎与谋害。他知道世界不是具体的某
但对世界具有的某的个体属性缺少体认
比如，他们——谁都知道他不是他的父亲，而是一个
穿上父亲的外套向世界表示好奇心的孩子
“世界”没有天生的理由凶狠地向他赠送成人礼物
反而只想让他单方面地把自己悉心准备的
小礼品，一点不剩地用来向世界致敬：他们
非理性地向他讲解侠客风骨，给他的信箱
发来一封封伪造的遗书，尊称他“先生”或者“阁下”
——他转过身来，脸上已经挂满泪珠子；再转过身去

他满脸纯真的笑容，把压岁钱、储蓄卡、典当行支取的现币
母亲的首饰，自豪地放在了世界的演讲台上
“够了吗？”他问某，某给了他一个天神辽阔的拥抱
升空的瞬间，在手机上拉黑了他

七

春风在屋子四周旋转，搅碎鸟啼，折断
明亮的树枝。她不需安抚的心脏，恶性肿瘤滋生的乳房
子宫里装满灰烬的香炉，像变红了的几轮月亮
从昏茫中同时跳到了肢体的外面。新世纪以来
街道边的白玉兰逐渐演变成夏天的冰雕
其褐黄色的、肥厚的叶片则接替了国营时代
机械厂工人满身油污的角色。她厌恨在她身上
发现白玉和冰窟的人，也无端地回避人们将自己
安插在有阶级性的铜像中间。往年的春风
向她力荐过“无我”。无我所暗含的终结与无趣
也讨她的欢心，但她出租了一个个多余的影子
与背后操纵自己的幽灵一刀两断，可某种无名的火焰
时生时灭，仍然灼烧着她，把四散的自我如数
送还给她。她的身体，因此一直被她封存在后退的
遗忘之中，那儿的一张铁床，也一再地后退

回归为白骨旁边一堆等待开采的矿石
“那些影子，幽灵，你可以从他们中间挑选
奴仆或者国王，让他们替你担当焦躁和孤独
用谦卑去抵消你在诸神面前显现出来的
无知与无能！”善意的醒示，有的来自动物园的门卫
有的出自无名氏未能出版的回忆录里，这一条
是她的主刀医师在病情证明书上给她的留言
多么荒唐，多么虚无，从医院回家的出租车上
她就忍不住抱着袋装的几张CT胶片痛哭不止
哦，见鬼去吧，什么白玉兰
哦，见鬼去吧，什么无我，什么无能
疼，此刻只有麻醉失效之后手术刀留在肌肉创口中
粉碎性的疼，罪恶的疼，无救的疼，放大的疼
她明显发觉出租车变成了一列负重的火车
明显发觉稀缺的爱，血一样正从伤口渗出来……
春风隔着墙体清点着玉兰树上空星星的数目
也到屋顶的露台上，给忘记收走的衣服胡乱地安排
时而干瘪时而孔武有力的客人。呼哨，在伊甸园之东
伊甸园之北，伊甸园之西，伊甸园之南
缥缥缈缈地响起。她近乎哀求，问了一声
“能给我注射一针杜冷丁吗？我想天亮前睡一会儿！”
街道上，脚步声杂乱，喊声震天：几个猎人

身上带着弓刀和土酒，从无量山出发
结伴沿着高速公路向北逆行七个工作日，月上中天
他们进入了异托城。恍兮惚兮，楼者山也
百木兮在野，他们在废弃的时间与律令中伐木
燃火，烤肉，喝酒，不亦乐乎，就像去到了
史诗中一直闲置，召唤人们前去入驻的宫殿内
——他们伐光了街边仅剩的九棵玉兰树
一支晨练的老年击鼓队，现在挥舞着鼓槌
团团围住了他们搭建的临时窝棚
篝火没有熄灭，一朵朵玉兰花有的装点着棚顶
有的汇集在紧急赶来的两个防暴警官的脚边

八

“一条小船把我投送到大海的中央
我会骑着白鲸归来……”
阅读和写读书札记时，你会信手写下一些
有着烈焰外貌的片语只言，以便烧毁从海面上
翻卷而来的大量白纸。图书早已过剩
以海洋为主题，兼及方舟、孤岛和彼岸的诗歌
白纸就能证明它们采用的言辞死去了很久
缺少重生的神话基础。你正在阅读的剧本中

海盗换掉船长的遗骨，躺在灵柩内
模仿死者不可一世的声音恫吓跪在甲板上的水手
“我要用那把从海底打捞上来的鬼头刀
‘嚓，嚓，嚓’，砍断桅樯，再凿穿船底……”
共赴鱼腹？抑或想将无主的船舰
从光明的大海上抹去踪影？当然也可能只想占有
船上的丝绸，瓷器和茶叶。你移身到了船上
想知道剧情是否会出现意外的转折
如果作者和海盗合谋，继续让灵柩里的声音
涂鸦式地涂改着现实与冥界的边线，坚持不给
你和水手留下真实的存活空间，你将从故事中途
迅速脱身，不想在文字中因为偷生而自判有罪
“这是我在剧本中又一次看见了我，样子像一条
被生剥了皮但还在波涛之间逃命的红鲸！”
写下这句话，你得到了解脱，手上的剧本
主动脱离手，掉了下去。下面是渊薮，无底，无光

九

登月成功前，精卫与凤凰结伴飞临现实
无名氏们曾得到过一座金山的奖赏
“现在”，全球变暖，海水煮熟了鱼虾，烈火由上而下

烧光了梧桐，精卫与凤凰正从现实中振翅逃走
无名氏们应得的惩罚却迟迟没有下达
他们一直在等，不知道盲眼的邮差什么时辰会来
——焚膏继晷的刀笔小吏也不知道：在凤凰的翅膀上
手握闪电，终生刻录众人都在逃离的“现现实”
而不是它揪心的对立面，也不是它未来脱胎换骨的
“新现实”。这份忘我的买卖，剔除高昂的成本后
还有没有笔尖那么小的一点儿苟活的利润
不知道。在某地，母亲将三个孩子，分别折算为
电流、恩光、婚床，逐一换成了毒品
为什么？她木然地回答：“我不知道，不知道！”

十

某地，少年仿照老人，用海绵巨笔蘸着清水
在地上书写古代诗句。她重新回到
那些疼痛的夜晚，不在乎身边的人来来往往，谁都
习惯了疼痛，对疼得在地上泥鳅一样翻滚的某
已经没有出手搭救的冲动。在表演疼痛的过程中，她
朝着人们泼出一桶又一桶黄铜铸成的泪珠，用按比例
放大了数倍的柳叶刀，疯狂地劈砍象征疼痛的橡皮老虎
你负责录像，保存记忆。设想中的价值远离行为的

文献性，而且以第三只眼审察，两者的行为
艺术性止步于复制，世相的残酷本质也因为
“对自己不可能痛下杀手”，无限地降低了下限
远不及闯入镜头的画面：少年之侧，一群少年身着袈裟
他们围坐成一个圆，观看圆心盘腿而坐的魔术师
从一卷翻旧了的《金刚经》里拿出一盏盏明灯
她的四周，蜘蛛在织捕鲨的渔网，几个水手
协助它抽丝。它体内抽出来的丝团，堆码成垛
像电线厂成品车间的堆放场。水手对着镜头
笑着说：“它是如此的神奇，永远不会被抽空！”
你没有看见。你看见。继续让镜头对准
少年和她。又有画面闯入，你用一本未读之书
遮住了镜头。黑屏。你最后把镜头转向了低垂的
苍穹，在那儿，光一样降临的信鸽
每一羽都有着三只以上的翅膀

十一

某沿着鼎盛喧闹的钱局街
挨家逐户地去收购骏马的骨头
“锯倒朴树，种植银杏，但在我规划的蓝图里
它们占用了凤凰木的圣坑。”用骏马的骨灰做肥料

某把凤凰木种在了钱局街尚未到来的废墟上
时间按骏马的速度不停地奔跑，凤凰木
像烈火一样蔓延。在某闭上眼睛冥想的下午
钱局街所在的城市已经脱离虚构
——红色的马骨灰、草木灰、铁灰、幽灵之灰
无声无息，等待着从天而降的清洁女神
——伪装自己早已身在未来，某还给未来的“我”
书写了不少焦灼的授奖词、挽联和碑文。那种
骗世的羞耻感一直没能限制住他咬文嚼字的自由

十二

夜里登山时，无意中你与少年谈起了
来自顶峰的“神性救援”。罪身因为信仰的单纯
必然会得到怜恤。月光下，险峻的山路凭空而生
仿佛刚刚建筑，第一次接待来客。疑似有
无所不能之人正在你们前面奉命开辟。少年的心
也被自上而下的月光所掠虏，但他还是没有
走出教科书的重重迷宫，戴着铁冠道人的面具
将你引渡回山：“何夜无月？何处无竹柏？但少闲人
如吾两人者耳。”夜月，竹柏，闲人，吾
你已多年没有遇到如此奇异的词语了。少年敏捷地

攀上一块拦路的磐石后，伸出手来接引你
你避开了，想证明自己一身的蛮力还没有用光
直到失败之神即将附体时，你抓住了一根罗汉竹
后来又抱住了一棵古柏。少年因为你，看见了真实的
竹与柏，开心地大笑起来，揶揄你是一头得救的
“背靠悬崖的狗熊”。你们坐在磐石上，四个方向
月光下的顶峰激发了你数数的兴趣，但你坚信你与少年
没有停在同一条道路的中央，抬头所见的也不是
同一轮明月。而且，如同接受审判，你也明白
这个出自诡辩和务虚的结论，荒谬得令人窒息
你却只能选择应许的沉默。路政史上
所有的道路沿用同一条路基，命名、释义、功能
则变化万千，相同之处被一一删除。你不能告诉少年
你发现自己的路已经在某座顶峰前折断
你不能告诉少年：你为什么来到了虚无的边界
为什么内心向神却只能用竹柏救命，为什么一个
少年开口就能说出的真相却是你沉沦的窠臼
少年无视美学危机介入了日常的登山运动
他狂妄地露出了教科书之外自己狰狞的一面，举起一双
空手，对着高举明月之灯，白鲸群一样
破浪而来的群峰，大叫：“宇宙啊，我要征服你！”
你不能悲观地告诉少年：你现在的困局

白鲸群又变成山，一眨眼的工夫就是他的困局

十三

某说：“你们生活在非现实之中。”
而你们也从路易吉·马莱巴的作品《恺撒之梦》中
获得暗示，“非法地”做着古人做过的美梦
她向后退却两千五百年，每晚梦见自己在某个地方
碰上了一头死去的鹿，用芭蕉叶遮住了它。她觉得
这是一个“梦”，但听她说梦的人在那儿掀开芭蕉叶
果然捡到了一头鹿。少年后退的时间与她
相差无几，天天梦见自己变成了蝴蝶，而梦中之梦
一只蝴蝶则托梦给他：他是一个由蝴蝶变成的人
你后退得没有她和少年那么遥远，到了唐朝就迷上了
不散的筵席，终日与神仙、高朋和幽灵饮酒作乐
醉卧于酒桌下面便欣然入梦。你日日反复梦见
你被恭迎到了现实中的蚂蚁窝，在槐树下的槐安国
做了驸马和南柯郡太守。这三个“历史性”的梦
在现有世界之外多给了你们一个世界。深陷
其中，你们就像借宿在城市中心某座建筑遗产的
三个房间里。窗外人马嘶吼，楼梯和走廊上
不时响起不同朝代的游客混合组建的参观团杂乱的

脚步声。某，某某，某某某，频繁地前来敲门
站在梦境的边界，朝着你们投掷铁箭、信札、闹钟
毒药、经书和《现代生活指南》。你和她不想开口
翻个身，接着入梦，少年偶尔会隔着梦与现在之间
不安的漫漫旅程，睡意蒙眬地问上一声："谁啊？"
过了几天，有人回答："我。""我"朝少年的梦中
扔进来了由蝾螈、青蚨、蝙蝠、鹰隼、苍鹭和排蜂
不同的器官拼合而成的一只怪物

十四

"砰，砰砰，砰……"端着仿真电子步枪
朝着银屏上密林中的禽兽射击。公园转角处的
射击馆，唤醒了很多杀心萌动的人
门前天天排着长队。"砰"，一声悠长的悲鸣
是天鹅落入草丛。"砰砰"，一头白犀牛先中了一枪
背上喷出血柱，还想逃走，又挨了一枪
鸽子总是成群地出现在林间斜照的光影里
"砰砰砰"，甚至"砰砰砰砰砰……"，才会传来
天使的翅膀雪崩一样裹挟着灭亡的呼啸
"砰——砰——砰——砰——"，是什么动物
得以逃生，终于成为幸存者中的一个？或者

是什么动物，生命已然遒尽，还在清澈的溪水边上
猛烈地挣扎，一次又一次？哦，是的，一次又一次
那来自射杀游戏的子弹，当它们一次又一次
尖锐地穿过耳膜、尘封的战鼓、守护神手中
锈迹斑斑的铁盾，公园中只有半公里飞行能力的鸟儿
向外飞出了十公里，旁边的锌皮屋顶
一再地收卷成筒。“……砰……砰……”
隔壁店铺的翡翠老板某某，手上拎着串珠
有枪手从射击馆心有不甘地出来，拐进店内
他嘴巴里发出“砰”的一声，接着就问对方
“先生，今天手气如何？杀死了多少猎物？”
没有人会记住自己杀生的数据，嘟嘟噜噜地应付着他
而他，立即压低嗓门：“这些动物，你们将永远
也杀不完！”在他的视觉中，射击馆的主人
精通某种神秘的“法咒”，能把杀死在银屏里的
所有生灵，一一地召唤到人世。不止一次
他看见射击馆的主人领着死而复生的动物
出了射击馆，在深夜的公园里漫游。而且
他说：“我看见这位先生用步枪，凶狠地逼迫那些动物
在树枝上，在草地上，在假山下，自由地交配！”

十五

装扮，易容术，忏悔，把自己推荐给别人这样的事情
一些人已经不屑于再做。她前往天花板
向下静观她正在椅子上大口吞咽草药。她坐在船头
用橹片击沉了从海底浮出，抓住船沿求救的自己
她来到神学院的门外，告诉门卫她要探访
一个名字与她相同的教员，在神学院的图书馆
她提问，她抢答，盘桓了一个礼拜
某某著作里的人物惊现于街道边，看见她在路灯下
一会儿站在有光的地方，对着无光的角落
训斥自我。一会儿又藏身于暗中，伸长脖颈
让头脑接受光的照耀，并高声呼喊着自己的姓名
这个人物还同时看见：一阵东风贴地吹荡
灯下的落叶被吹到了暗处，一阵西风反向吹来
暗处的落叶又回到灯下。像一只无主的
金属家燕，带领着它众多的铁灰色影子。这个人物
总是听见一个声音：“哦，在某，失之某，哀于某。喜筵已经齐备
但是应召的人不配。”她没听见，少年和你，也没听见

弹奏

在老虎背上放了一张琴
老虎也乐意听我为它弹奏一曲
但我，顿时失去了常态，不知道
弹奏什么曲子为好
最终什么也没有弹奏
就在老虎背上放了一张琴

制烛

在烛盏内的蜂蜡里插入麻绳灯芯
点燃之后，微黄的光亮中
他们继续制作蜂蜡和细麻绳
割蜂巢，火熬，剔麻丝——每一道工序
薄伽梵说过，在蜡烛形成之前都需要
苦心的研修，且没有哪一道工序
可以单独完成功果。在此期间
还得有一个人，按时往烛盏添加
或新或旧的蜂蜡，不时用竹针挑直灯芯
如果黑夜延伸了长度，夜风一再
吹灭烛火，研修遇到了不可视为业障的
魔障，他们就会转移到存藏蜡烛的地下室
一家人围着豆粒大的火苗，低头
干一些用塑料封蜡、装箱之类的活计
悲观，但又保持了光明的沉默

抱着一捆稻草去见上帝

“抱着一捆稻草去见上帝”。寓意
有两层：一层是说
手中只有一捆稻草
见到上帝我也不会感到羞耻
另一层：一捆稻草，没有什么价值
但在我的眼中，它仍然结满了
星星一样的，保持着大米本质的谷粒
而且它们永远没有枯竭的时候
我要把它抱去天堂
现在，这一捆正准备抱去见上帝的稻草
寓意又新增了一层，也就是
回到其本义之上：除了这真实的
一捆稻草，人们两手空空。去见上帝
手边仅有一捆稻草，弯腰抱上了它

鸿雁

画一根直线，需要精确的
无穷的想象力
例如：至今没人能在佛陀与基督之间画出
一根直线。也没有一根直线出现在
李白与月亮，哥伦布与印度，我与昭通
之间。鸿雁，一群比喻“劬劳于野”之人的
折返跑运动健将。在远，在空
它们一直生活在天空的一根直线上
但它们所画的直线两端，没有产生宗教
而是矗立着天空的两座斜坡
我的测量，坡度为三百六十度左右

众我

孔子的我痛击
庄子的我。狮子的我每天嚼食山羊的我。
和尚的我拒绝与神父的我共用一颗心脏。
此我刚在大观楼下的波涛旁边
安然入睡，彼我开始在梦中制造炸弹……
——众我之中，尚无一个我，
令众我听命于他。这一场内乱，
他们，长着几十个脑袋的我，还在为
个人自治而荒谬地搏命。
像一群禁闭在悬崖上的中世纪的幽灵。

什么

走了那么久。一天的路程
走了五十多年。见到了什么？多数的葬礼
均是死人在埋葬死人。听到了
什么？大海的波涛上
轻轻传来安宁的脚步声
想到了什么？橄榄树上
长出了野橄榄的枝条，我想是其中一枝
被遮住的，还没有结果的那一枝

今夜

今夜，世界在我身上
提灯外出找人
今夜：一头白老虎。唯美，骄傲
出现在昭通府一位僧侣的书中
始终与作者保持几公里的距离。但它后来
还是被饥饿的人士所屠
作者说：“我在昭通，弯着腰化缘
没有看到过，没有被虎血染黑的石头。”
今夜，我学会了屠虎的办法：从几个方向
围堵它，让它逃进一个天坑
然后再用箭或枪射杀它

在阳宗海看戏

烈日之下，铁铸的几十个人站在阴影中
醒着但进入了睡眠。树木真实，在减少中
依靠在影子身上。各自立定，稍息
像动乱时期困倦却又神经质的岗哨
“寂静为何冲天而起?”
“因为寂静四分五裂!”
讲话的人藏身在石碾子中，他们的对白
有如乌鸦飞行于子夜。街头的小庙
多次进行翻新，比破旧更接近破坏
也更加败人胃口。那正在上演的村戏
出场的角色，一个个全是厉鬼
从另一个世道，对着人间挥舞刀枪
恶语训斥，诅咒，令假寐的人忍不住
频繁举起盾牌，或将羞愧的泪水
用来泡茶招待异乡的客人。我引身而退
站在庙门外，把手里的茶杯不安地放在
石狮子的背上。“尔等作恶离开，
吾箭直追背影!”脑后的戏文尚未唱完

铁弓已“嘣嘣嘣”响了三声。我闪身躲过
斜靠着石狮子，看一个驼背老妪
怀里抱着一束荷花，从发光的水泥路上
转入另一台村戏的观众群中
那儿有高高举起的狮子头
那儿有边界这边热烈的欢呼声

在弥勒县

深夜。几十个人朝着山中的湖泊
倾力挺进。路边的板栗树、核桃树先于他们
想象到了水光，蔚蓝与无知
他们弓着腰，头颅压到脖颈之下，肩头的木架上
担着一尊沉重的弥勒佛，也担着几十公斤
落在弥勒佛身上的皮肉一样的尘土
他们准备把弥勒佛，放到湖泊里去清洗
这事与信服、敬畏密切关联，也极端
容易走神。一群莽夫
不知道佛身会不会失去控制
沉到水底，不知道他们在水底
将佛洗干净后，还有没有蛮力
神奇地将其举出水面，移到岸上，天亮前
又将其扛回县城。他们一直在黑暗中
干着这种没有把握的事，不仅在弥勒县
也在其他县。一些人站在水中抬着偶像
一些人用铲子铲掉垢块，再用猪鬃刷子
小心翼翼地擦洗着笑容褶皱和大肚子褶皱中

每一丝的污物。担心一点儿的疏漏
也会得罪和葬送未来。此世的反常之处
就是对未来层层设防，对现实则采取
苛责与丢掉的态度。高速公路直通遗忘
山峰在跳高。所以他们不敢把水声弄得太响
返程路上也放轻了步伐。但湖泊管理局
守夜的职工看见了他们，并这样
描述他们："那是一团黑影，它们沉郁地吆喝着
剧烈地喘息着，巨石一样滚滚向前
好像野鬼内部发生了一场搏斗！"
事实上，他们喘息，但没有吆喝
没有将所干的事延续到白昼

孤岛上的教堂

水面平阔、柔软，公主所能想到的
最能让自己与水手交欢时发疯的床榻
它与拱曲的海岸线——自由的边陲
——解除了扰边与弹压的稳定关系
理论上的死角，航海家葬身的地方，仅存在于
诗人所在的礁石那潮湿，布满了虫沙的底部
“我乘着小船前往孤岛上废弃的教堂
船已经倾覆，但还以另一条船的形象行驶在
海面。看见大海和天幕的不受拘束
小船，教堂，岛屿则小如三张舞蹈家的脸。”
两位旧社会的诗人，背靠着背，像极了
决裂前最后一次交流的两个海洋深处的
小国王。此人朗读了几句，说他年轻时读过的
一首诗歌，结尾之处来了这么
一句：“当我站在教堂中央，大海中
只剩下一尾金枪鱼，孤岛上的一只萤火虫
灵魂被海风卷入了夜空。”大海很少纵容霸权
沉船里关押的小国王，人数多过了

现在那些名字拗口的王国的民众。寂静与澎湃
当海水涨至肩头，精心修剪过的大胡子
肥硕的乳房，全部被泡沫占领，它们
仍然是大海的财产，不会变成人的可以增减的
赎金，或者意志。他们谈论着诗歌，统计着
自己尚能运用的名词还有几个。他们为自己诗歌中
只能反复使用某几个动词而痛不欲生
为自己在无人的孤岛也只被许可朗读死人的诗
而非自己的新作，用拳头猛击着脑袋
谈话中的虚虎与实人，叙事中的娑罗树
抒情时代的远航，他们一一避开
暮光将至，燕鸥在潜水捕鱼，以防在漫漫长夜中
因饥饿而丢了性命。他们这才在夕光庇护下
移步至教堂。的确存在过教堂，正如水面
存在过船帆，灭顶之灾可能对少数的僧侣或水手
网开一面，但不会轻饶教堂、船帆
那向下沉沦的废墟上，短树犹若一群跟着海风
奋力冲刺，心跑远了，身体却留下来的驼背老人
彼人迎着风，狮吼："他站在教堂遗址
目睹阳光下的巨浪，就像人手一个火球
猛扑过来的大军。令人无处躲闪，他遭受了
一万个士兵对一个道士的致命一击……"

彼朗诵的，也是一位死去诗人的诗作
自写的挽歌，在上诉书里可以作为警言
此望着彼，担心他纵身一跃而自己
必将紧跟着纵身一跃。可怜的两位诗人，他们
颓废地坐在遗址的石柱子上，接受了
落日与星空的共同引领，目光逐渐转黑
他们的屁股下面，石柱浮雕中的约伯
怀里抱着两个残缺不全的孤儿

海边

群鸟飘远，云朵归来。峭壁上
树木向着自己弯曲，绷紧铁弓，几根
折断的枝条，比写意画中的枯笔
更见自省的魄力，暴力。站在礁石与船的
接缝处，他历数不能扑灭的光
身体在晃荡，像久经侵蚀的桅杆
于坚硬中腐朽，腐朽的部分仍然有着
铁的品质。仿佛灯塔之光已经被扑灭
他为之形销骨立。大海之上的黄昏
浪花与繁星正在进行天空的接管典礼
他嘟噜着什么，迷失，瓷器，珠宝
活着回来的人最喜欢去的地方就是
自己的墓地。我倾身向海，祈祷波涛之间
不要有喜事和丧事，不要有幽灵和人影
混杂着出没："海神庙里的事物
真理和真理的瑕疵，我没有想过要去纠错
不想反方向地找出更多的真理。不想，我只想
口含一口烈酒活下去……" 话已至此

我们枯站了一会儿，专心于遗忘与遗恨
他划着小船离开，我继续
理智地住在灯塔里。海中灯塔的倒影
摇晃起来，从实相中脱身，像一条朝下的
眩晕的，直接通向海底的输油管道

访庙

你知道佛眠寺吗？它建在浪穹县
红色丘陵之间的天坑内
入了寺门，是下坡路。部分的我，正看见
几座大殿、罗汉堂和放生池，在天坑的底部
像传说中按寺庙的设计图修建的地下城
无势，无抬头的视角。我惊讶地
径直穿过它们，至寺院的后面，没有杂役
呵斥我停下。那儿并没什么古老的出口
一座高岗，就像出自河床，冰水滴答作响
苔藓、青蕨、古藤私分了天空
摩崖上题满了血红的字，题字的人
我无一得识，得遇，但能够想象他们
——他们，彼此陌生，服饰各异，携酒而行
被障碍所阻，突然就有了凌空挥毫的冲动
而且这些反对走回头路的伟男子，并不在乎
这是给自己提前书写墓志铭，毫无铺垫
就开始用绝壁测试自己的重量和寿辰
我处身之世，已经不赞成一个人擅用一座山

一条江，一片平原，一个国家作为自己的墓碑
因为无人可以匹配，因为每一座巨大的
墓碑拒绝了以死叩访它的人。他们与我
相隔久远，确实还可以这么任性而为
每一个字的体积是三米乘三米，令我
只看见了字形而忘了字义。南无阿弥陀佛
如此大的字，其字形与字义，部分的我肯定
不能匹配。一个笔画所用的石头就能凿出
一头石狮子，大铁围山的金属城或许才会这样
想想那把字往大处写的
时代，不知道人有多大，笔有多大。也许
那时候的人小得只能寄生在笔杆中，顶多
也就大如腹虺。或者青蚨。《鸡足山志》里
推荐过的豆粒人。如果这样的推断无误
他们中会不会有某君，写出了更大的
绝壁也放不下的字？他像蝙蝠一样翻飞
诅咒着造物主的小心眼，借一棵冲天而起的
银桦树，将自己的血管接通到彩虹之中
可以肯定，也有人没写字，坐在竹林里喝酒
三天之后醒来，同游的诸君已经一身滴着墨汁
不知去了另外的什么寺庙。哎呀，满壁的字
他也不清楚会不会有人看见了就缩小了身体

返回竹林，接着喝酒，不断地醒来又沉醉
我已经戒掉了恶俗的书法，只有部分的我
还用钢笔写诗，所以，这些墓志铭
以后还会出现的墓志铭，它们对我形成的冲击
走出寺门之后，我就会命令它们马上
从我的心上消失。不过尔尔，不过如此
尔曹身与名俱灭，不废江河万古流
让我不快的，是在离开佛眼寺时，我指定自己
状若一个被逐出寺门的老和尚，人生已至残年
不知道还俗的时光该怎么挺住。为此我倒退着
走在入寺时的原路上，一边上坡
一边高抬着右手，在寺庙顶上的天空写下了
不少的字。黄、徐、朱、傅，四种书体
同时用上。内心隐隐觉得，在空中
有鲁直、文长、八大和青主偶相往来
尽管不会留下墨痕，此生也就不用再与旁人
多费笔墨与口舌。部分的我因此死掉
为我所不耻——访庙结束，站在
天坑之上的庙门外，摇动着空碗的几个乞丐
围住了我。我说：“我想捐出自己的右手！”
对自己如此凶残，他们认为我在拒绝施舍

电梯里的镜子

上去，下来，中途常有片刻的停顿。
“它记住了什么?”问的不是
在接受某种隐喻后，电梯本身的阅历与记忆。
你是想知道电梯里那面镜子，它又一次被换掉，
是不是它合法地存储了什么非法的秘密。
它又能记住什么呢，这面公开的电梯里的
镜子？它将被砸碎，或被移至堆放杂物的
仓库中，听任灰尘将其封结。你看见过街道边
人们用石头砸碎镜子的场面——里面，最里面，
跳出无数的碎屑，而且这些舍命闪烁的碎屑，
只有蚁蝼用来做镜子，只有放到伤口内，
才能让生命为之战栗，除了碎屑
什么也没有找出。你也看到过那些仓库里
被抛弃的镜子，包括某些时候你在街边绿化带
看见的镜子，在垃圾堆上斜插着的镜子，
应妻子的要求你亲手塞进床底的镜子。
它们如你所见，无一不是镜子家族无用的遗物，
无一不是儿孙们驱车送往城郊养老院的

神志不清的爷爷奶奶和父亲母亲。除此而外，
也许你会用手指掠开积尘，摸一摸某个雕花的，
镶着银丝的红木镜框："它记住了什么？"
警察局里的户籍警，在电脑上一边登记新生儿
闪光的姓名，一边删除死亡者模糊的户籍，
镜子的功能与户籍警没有本质上的误差。
你的每一个质问，都想同时表达两种
尖锐对应的态度：我要确认，但我反对。
所以，那拆下来的镜子中，向外渗透的
或许不仅仅只是找不到出处的灰烬。而灰烬
掩盖了你想象中电梯内产生的一切，
灰烬还像麻醉物，直接涌入你的大脑。
电梯照常运行，有意无意，它的客人一般都会
前往镜子里翻找自己，此我与彼我是复制品，
互相拯救，然后放弃。在那受到严苛局限的
金属空间内，必然发生的事情，比如断电，
相遇，坠落，人们仍然不惜代价地查找着它们的
偶然因素。试图将神的意志划归给自我，
却又在自己用劣质食材烹制的晚宴上，因为
自己难以下咽而逃之夭夭。客人不是客人，
自己还是自己。"谁让你进入我的家门？"
电梯内躺着一个心存敌意的醉鬼，整整一天，

他抱着一座铜钟，上去，下来。停顿时，
见人就问。还闪电式地反复追问："你，
到底是谁?"你背靠镜子，冷冷地
回答他："我是镜子!"他突然一惊
提高了音量："噢，镜子，镜子，你闪开，闪开，
我要回镜子里去。"一张变形的脸死死贴在镜面上。
把他留给了镜子，出了电梯，你又焦躁地
说了一句："不，我不是镜子!"这也就意味着
你不是海面，瞳仁，白玉，刀锋，你是一种
与它们性质相反的器物。后脑勺上那扇
开开合合的门，进去什么，什么出走，
你始终一无所知。你始终一无所知：镜子
什么也没有记住，但镜子中常常会有人
跳出来，秘密带走他们相中的人。

山顶

往生之前。末代祭司
把山上的人
分别召至床边
拉着他们的手，内疚到窒息
牙齿，就像紧咬着棺材上的铁钉
一字一顿，说了同一句话
——“不敢肯定，我还能回到
你的身边，为你渡劫！”
断气那个傍晚，他黑铁抓钩式的右手
抖动了一下，停在一位少女潮湿的掌心
窗外，白鹇鸟停在树冠上
等候着落日重新起航
他的目光，能洞见多少灵魂在共用一个
身体，或几个身体在合租一个灵魂
含咒的嘴巴
一声长啸，几个重复使用的词组，下道命令
喊回了数不胜数的尚未嚼尽人间苦果
意外或者蓄意奔赴天国的满身臭汗的人

“死神对他又爱又恨。”
他观察一只雄鸡剖开的内脏
就能知道面前这位无望的人
因为什么，身体的某个器官
受到了恶灵歹毒的诅咒并让恶灵
有回报的，马上收回诅咒
话题的核心：他往来在几个奖赏与处罚间
相互掣肘的有形、无形的聚落之间
确保至善、至勇和至美
获得最好的结局
现在，人们从他旧牛皮般的脸庞上
废船舱的躯壳上
看到了这些法力突然的消散
人人都曾劝慰他：“寨父，您且安心
去往天国，别因为我而返回人间！”
山顶。积雾吸饱冰水，将幽灵大军的
庞大躯体无声地撞向空无
向外挤压出阴冷的水丝
凸起的恶石头
南方电网公司陡峭的线塔
因为电线下坠形成的高压电巨乳
——被抹上了一层黏糊的灰物质

隐喻、用意并不明显
当一堆芳香的原木点燃
红焰与黑烟内
把他烧成白灰
像理性的执法机构在广场上
心疼地烧毁象牙和犀牛角
谁也无权制止，又谁也顶替不了他
那一刻，一小堆骨灰形成的雪崩
此山北坡，暴露在外的
有如几万亩虎骨的杜鹃花根系
遭受了掩埋
人人自危，在冷雾中
稍稍动一下僵硬的脚
绝壁就升了起来
自以为一直朝着天国方向奔跑在身前的影子
第一次躲到了身后，像蝉翼没完没了地战栗
“无人，无物，无念，无无
得以幸存。”幸存者说现在的他
是草窝子里的一张蛇皮
尚未由祭司经手超度的鬼魂
数量并不比人少
他们穿着隐身衣

看到了他的死亡引发的危机但没有把隐身衣
脱掉。这个人，是唯一能确认他们存在于世的人
唯一能看见他们并与他们交流的人
像他们一样从人群中走出
又没有来到他们中间，而他们
等待他的拯救已经等得快要现出人形
他们没有脱掉隐身衣
看不见的绝望
听不到的哀号
缺少了他，就是空
他们像一切抽象而又确实存在的物体
用隐形的脑袋，无用地叩击岩石、人体、铁塔
叩击那一小堆骨灰
鲜血流光了，但没有痕迹
魂中之魂为之飘零
他，没有再来帮他们收拾……
——哦，在这山顶的葬礼上
世界向阳的一面
向阴的另一面
终于得到了理论上神圣的融汇
尽管结局是舞台上同时上演的两台悲剧
同时落幕。而且，周围群山上的旁观者

看到的是这样的场景：无量山的太阳
落下天空，落进了一场大雾里
人与鬼合力将它埋葬在高高的山顶上
这些人反理论
我们为之脱掉了隐身衣

动物园

一

我思考的不是这些动物
有没有可能从铁笼里活着出去
而是它们是否忘记了
铁笼子的存在，或眼里是否只有
铁笼子。我只思考现在
是的，放弃了现在
回忆从前的自由和谈论未来的重获自由
都没有贴身的非生即死的意义
难题在于：我的思想左右不了动物
动物也不会像我这样——把人
强行植入到动物的命运中——罔顾
动物的主权，危机四伏地进行思考
与屠杀相比，将动物驯化为演员和玩偶
在表象上，人们已经做出了让步
不少的动物还认为自己获得了
新生的天鹅绒摇篮。但那些旁观的神灵也许

看得更清楚：其实，这才是动物
生命属性完全灭绝的戏剧的第一幕
它们活着，却不知道自己灭绝已久；它们
保留了动物的外形，却换上了人的心脏
安装了人的瞳仁。我很少听见有人
主动探讨动物的尊严与独立需要尊重
尤其是对待老虎和狮子这样的猛兽
他们的恐惧感，他们间接取得的死亡经验
令他们在老虎和狮子的影子中，看到了
烈怒之人的脸庞。所以没有谁反对
铁笼子对老虎和狮子的终身禁封，担心它们
每一次出击都代表着人。现在，就给它们
合法的自由？估计那些职业驯兽师
也会惊出一身冷汗，到人群中去驯服猛兽
他们对未知的荣耀不敢贪功
也拒绝为劫难承担责任

二

现实，现在，不同旨趣的两个概念
我们看见：现在，摄影师
名为《孤独之王》的专题摄影项目

正在大象园孤独地拍摄。他的镜头将铁栅栏
当成了饰品，专注于大象望天的王者气质
或选择性地摄取巨大象体的局部，腿，鼻子
忧郁的眼睛，落日般浑圆的臀部
一切都集中于作为理论来谈论的孤独
而现实，我们知道，这是软禁中的大象
捕获自印度支那半岛，它们的反抗一再被麻醉
暴动仅限于自己的巨大身躯和恐怖的食量
对人所产生的震慑力。麻木不仁的
万念俱灰的，等死的或说已死的庞然大物
绝不是什么孤独之王。现实：摄影师有成王之念
或已经自我封王、封神，他是孤独的
番属国的孤独，向铁栅栏致敬的孤独
现在：他与大象同处于铁栅栏内，但他
视大象为国王，摄影术意味着偷换
异化、媚己。他朝圣者的手指不停地按下
快门，“咔嚓，咔嚓”，大象则开始午餐
绿色的草垛来自郊外，高出了铁栅栏
像想象中的一座青山

三

海族，丛林动物，分别托身在房屋穹顶之下的
微型之海和假山。食欲，习性，死法
对自娱自乐的宗教的盲目崇拜
仪式上也大相径庭。它们在同时出现于
一个孤儿院或大剧院之前，彼此
是不能遇见与发现的未知，黑洞，盲区
天空的后面，如真理隐迹在铜墙的另一侧
现在，研习破戒的法术蔚然成风，让人
迷上了魔法与诅咒。水池与假山之间的空地上
一团白烟在金钱豹身边冒起、消散
金钱豹变成了海豚。泅渡中的鲨鱼听见咒语
仿佛水底飞出沉舟，落到假山上
原来是一头优雅的梅花鹿。成群的猴子
经不起召唤，纷乱地跃入水池，逐一地
取代了腥臭、丑陋的鳄鱼
鲸鱼所在的池塘，有广场那么辽阔
它们也学会了变身术，突变为大象，又突变
成自身，反复地循环，意在强调两种无关的势力
终于找到同一艘幽灵船作为身体。也许它们

只想躲到对方体内，让对方向观众表演
两种动物的节目。正如那头金钱豹
现在它总以海豚之心，怀念自己那一身
金光四溢的皮毛。但人所赋予它们的杂技
在它们的消亡过程中，它们未必会如数带走
“不过是博你一笑……”，一只蓝喉金刚鹦鹉
说完最后一句人话，便化身为麻雀
从此再也不在动物园中重返自我

四

黎明。摆脱了宿命论，每一次当选
新的自己，动物园拒收的鸟儿用叫声
送给我的彩色钻石最多。多得
没有一个房间可以装下我的喜悦
可我并不认为梦境中的泪水与谎言，离乱
与求助，从梦境中出来杀人又退回梦境的人
它们，他们，有着空无之相，应该用橡皮擦
从脑海上轻轻擦掉。他们
每一夜搭设又抽空梦游者的玻璃栈桥
胁迫你加入，接受，反对，命令你用死
证明自己已死，用生证明自己再生

让你并无什么美梦可供沉醉，然后又放你
平安归来，在黎明的鸟叫声中惊醒
某些阳光刺目的正午，在动物园的草坪上
你想也许真的有谁在暗中拉了你一把
就像被围追至山涧里的麋鹿，发现涧底草丛中
有一条刚刚凿出的，直通山外的隧道
死亡与光同时乍现，你没有戴眼罩，双目
一直睁着。对此我该用什么语言去表达？汉语
英语，傣语或没有文字的白族语？一只孔雀
爱上了动物园，掐死了离去之心，它在我身边
几次开屏。我的脑海中剩下的汉字
包括标点符号，就这么五十八个了：“你的历险
与蒙恩，动物们每天在经历，区别在于
——你假装不知道，你认为它们不知道
而它们时刻目睹自己的死亡，但真的不知道！”

五

新的即将灭绝的雪豹入园，它们的居所
以前居住的白犀牛，刚刚灭绝
它们遭到了遗弃，但我们以为我们
得到了一份稀缺的礼物。哦，不，这不是

上帝的事儿，我们不能将什么事都归于上帝
雪豹无力自救，可以预见的灭绝者的骨灰
正如遭遇饿殍抢劫的面粉店里的面粉
潮水般的人，透过厚厚的玻璃墙
第一次看见它们，他们看见的是两头
对处境没有对策的困兽，而非那闪耀在
雪山与天空之间的闪电。孤傲，守望，高贵
这些它们天生的但又拒不领受人类围观的品质
被“潮水般的人”真的围观时，也不出意外的
闪电般，瞬间消失。“啊呀，什么雪豹
分明是我家的皮堡斯猫长大了……”
动物园里并无新鲜事，两头最善于攻击
速度和耐力卓绝的西伯利亚虎，在旁边的铁笼中
静卧于地，冷冷地关注着。它们的冰山
乃是人们用卡车从幻觉中搬运而来的仿制品
悬崖的高差，石径的危险系数，低温之低
均取决于设计师细小灵魂的尺寸
而且天空，因它们而下降，却不可复制
远悬在上枷的玻璃屋顶之上。它们
一再地腾空，向下飞跃，每一次都只完成了
青蛙的成绩，受到的反击则需要橡皮人去承受
才不至于粉身碎骨。自由的秉性最终促成了

内在的毁灭，像人一样，内在成灰
只有雪豹这一形象保留完整。再剩下的
将会是什么呢？两头西伯利亚虎主动想
陈述一点什么，但自己归于良顺的断颈之悲
又真的难以启齿。遂将目光移向了游客
一位天真的孩子用玩具枪瞄准它们
嘴巴里“砰”的一声，它们应声倒下

六

它们在繁殖，与人无异，本能地
或者人工授精。它们试图找到反人类的方式
我支持它们禁食、装傻、缄默，它们却
先于我服从了另一种生涯。除了背叛
很少有信徒活着离开宗教，能从动物园
离开的动物，也总是被送往另一个动物园巡展
或因死亡而焚烧在郊区的山上。它们弥留之际
所选定的屈从，理论上来说都是基于
对死亡缺乏研究。私自以为死亡与现况之间
存在着一个国家而这个国家看不见诛杀
所有的死亡都是自戕。生的自由消失了
能抓住死亡的人权，自己的尊严

就没有丧失干净。这群畜生，它们
确实意识不到：所有的生命都在纷纷等待着
是的，等待，等待漫长的等待之后的自戕
没有谁动手，没有谁下令，也没有谁
诱导，一切都得由你自己来。每一次
看见幼兽吸食它们的乳汁，跟在它们后面
在铁栅栏里散步，嬉戏，我有着媒体记者因为
某个物种香火不断而涌动的职业性喜悦
但也会引出观众看见电影里一位父亲假笑着
带着儿子入宫去做宦臣时极端的悲情
这属于它们的，也是我们的，即使只是
以游客的身份回想起来，预感到什么
我想，一头接着一头，一种接着一种
它们就是在表演我们，实实在在地
出现在这里，出现在那里
出现在现在，出现在来日

登山，致沉河

登鸡足山，我很快又
轻身回到山下。途中遇到了两个人
上山时遇到了道成肉身的担当和尚
从山上下来；下山时
遇到了戍边的陈佐才正往山上攀登
我们三人都双手不着一物
像三棵移动的松树。有劲或没劲
踏着积雪，发出咯吱咯吱的脚步声
这分明是有人托梦给我
让我知道：一个归于止静的人
一个闭口不语的人
他一定有着两个反向的灵魂
没完没了地上下往返于鸡足山
像两个受到惩罚，终生
必须奔跑在绝壁上的罪人

小镇

江岸上的两座小镇。上游的那座
靠近雪山，四面都有白光照射
人们把木船拆散了，用船板制造棺椁
下游的那座，离大海不远
波涛连着屋顶。制造棺椁的木头
人们用来制造船只。两座小镇相距不知几千里
雪山小镇的人们总是顺江而下
去大海小镇收购旧船，大海小镇的人们
则守在江心，打捞江面上漂来的棺椁
那同一批木头，两个小镇的人们一代代
反复使用，至今没有一块丢失或腐朽

一念

在虫蚁和蛾蝶的肢体中找人
人们用灭了多少繁星、灯笼和菩萨心
将恐龙、大象和蓝鲸，以及众神
引入人类的个体，我们变卖了
祖传的地契、钱庄、书橱和骏马
还屡次想把雪山之众改编成一支圣战前
向着天空挺进的军队，但都以沉默告终

在猛虎中学的一个上午

太阳站在山冈，斜照着
猛虎中学。操场上空无一人
一圈松树在礼拜天的上午
把自己的影子拿出来曝晒
恢复其猛虎的身份。我如此迫切地
等待它们运动起来，拱起脊背
一再地扑空，或互相争夺稀缺的光线
长久地被闭关，被认定为树荫
它们急需几声咆哮，从树根那儿
迸射而出。急需一个小小的更名仪典
举办于树冠。这就像那些
消失在夜晚的人，天亮之后
得以无罪释放，他们需要自由与真理
公开的安抚。所以，当这群猛虎
置身于坑坑洼洼的操场，看见阳光下
倾斜的教学楼，它们急吼吼地
妄想背负着桅杆一样的松树，或者
砍断自己与松树相连的黑链条

让自己离开原地。至少得让自己的
猛虎之心，感受到课堂上无止无休
歌颂的土地的辽阔。它们和我
和你们，深知这片刻脱身之机的珍贵
深知无论作为幌子，还是作为幻象中
一闪而逝的诱饵，一秒都不容错过
如果太阳持续升高，松树收回
分裂自我的念头，猛虎中学又会执着于
固有的胶着与麻木。一笔松树捐出的惊人的
善款，又将和启蒙教育擦肩而过
如此令人心颤的肉身炸雷，肉身不顾
丧失一切的革命，必然会在赐福者眼中归类为
一圈松树对清风的盲目赞美
亦会被唱反调的人斥为无用的叛乱
而事实也不出你们所预料，一群猛虎
它们止步于猛虎中学的封闭性和有限性
它们在操场边上运动了一会儿，挣扎了几下
又一一温良地钻入了松树，让我
看见了它们的存在，知道它们与我无异
懦弱地藏身在松树里，翠竹里，梅花里

澜沧县的落日

江水流向落日，群山朝着落日低头
天空，也为落日倾斜……
万物统一感恩于
伟大而疲惫的发光体。在惠民乡
一条半明半暗的山梁上，站着一群
合十仰望的僧侣。白鹤振翅飞向落日的一幕
他们认为，那是几个寨子里的白衣人
从大金塔的尖顶上缓缓升空

大雾

大雾让他们扮演三个角色
争论着要命的问题。言辞猛烈，配之
斩首和灭门的经典手势
其中一个，拦腰切断了他们中间的那棵白杨树
白杨树像灰伞一样倒下，消失很久
才有一群喜鹊从它消失之处飞起
他们的争论渐次趋于互相诬罔、挑战
三种声音，是泼向对方的三碗
毒酒。没有退让，坚持了看一场电影
所需的时间，另一个人
高扬起长刀，快速地下劈
几只模仿他们说话的鹦鹉掉到了地上
羽毛在大雾中向上飞舞。鲜血
从大雾中渗出。他们继续争论
又坚持举办了一场葬礼
所需的时间，冷兵器撞击的声音
传了出来。大雾越来越浓稠
近在眼前的轮船、炼铜厂、医院都被移走

灰白色的物质统一了他们的舞台
偶尔有人从雾里湿漉漉地来访，都会给我们
带来死去的凤凰、骏马和野生的小熊猫

海滨列车

邻座的陌生人神情
像位医生。他有一些秘密
急于向陌生人披露："对某个朝圣团队
进行出国前的常规性体检
查出部分狂热的信徒
患有艾滋或梅毒……"
当时，列车正在大海之滨的山坡上
飞驰。海面上的一条船突然提速
与列车拼起了速度。有几只海鸟
也参加了比赛，飞翔的样子
陌生人说："像我们怦怦乱跳的心脏！"
我则觉得它们，是在空中翻找
自己藏在羽毛里的身体

新年统计学，致王单单

新的一年开始，我得
统计一下：三十多年来
我写下了多少关于天空和山巅的作品
高度中的高，高至多少米
飞升的愿望为什么这般迫切
我用多少笔墨书写了大海和草原
辽阔与自由比例各占多少
深度里的深，深到了何等程度
神秘莫测的死亡，诱因
到底是一些什么非物质元素
我还写了，那么多的寺庙
圣徒和菩萨，从中我得到了
多少安慰、启示和洗礼
写爱，写美，写独立性，写尊严
写思想的纯洁，它们究竟给我带来了什么
以黑暗写光明，用谬论开显真理
在巨鲨游荡的水域，寻找小人物的生路
在黑豹与豺狼的撕抢中

舍命救下苍白的道士，我使用了多少
并不优雅的子弹一样呼啸的文字
对了，我写过多少死亡与牺牲？写过
多少种死亡的方式和祭奠
我为什么要这么写，为什么要写出
如此多的，我所缺失的和我被掠夺的东西
为什么文字里侮辱多过了垂怜？拯救
少于迫害？墓地也总是与家园重叠
也许统计学仍然不是德育课，而是
审判庭。它不会向我提供任何喜讯
但我理应在春天的窗户打开之前
在种子播下之前，对此进行认真的梳理
知道自己都干了些什么有善心
或无善心的事情。特别是当我
对写过的那么多的白鹤与凤凰
难以进行准确的统计与定义时
我得让自己明白，正因为有它们
无处不在地存在于我的作品中，我才得以
一直握住手中的笔。“伙计，接着写，写到死！”
我想，当我无视结论，对自己说出
这一句话，我的双颊一定会挂满
活蹦乱跳的泪水。我的脑海中

也一定会再现那一年冬天
在抚仙湖边散步时所见的场景
——沙砾间，风干或只剩下骨架的死鱼
它们的头，一律朝向翻卷的湖水
是的，近在咫尺，但生藏得好深
仁慈与自由藏得好深。一切都不见底
任我在语言与思想的塔尖上
把罪过，全部推卸给天空和星星

寓言：信件

在他生病的时候给他写信
也可以在下雨或下雪天
写给他。信件对他的意义
仅次于食物和药品，每读完
一封信，他才有信心把门打开
走到院子里，将新落的树叶
用铁锹埋入泥土
或集在一起烧成白灰。他亲切地
把信件称之为“星斗”
有时也叫它们“美酒”
星斗与美酒，对一个病人来说
其实就是从他身体里
抽走的灵光和舌头
“城门上悬挂的首级神秘失踪
英灵街墓园里的几座墓碑
同时被人敲成了公分石……”
在告诉他这些针锋相对的事件之日
写信的人高估了他的承受能力

但他的回信更令人意外：“我的沉疴
的确又加重了，但我想知道
人们在割下唱对台戏的人的脑袋那天早上
是否伸长了舌头，舔了舔
断头台上冒着热气的鲜血？”
通信的内容至此超越了日常，字里行间
尽是一个病夫有关死亡和反抗死亡
偏执的幻觉：“我决定从今天开始
不再服用药物，因为我发现任何药物
都在暗中为暴君服务。”为了让他恢复正常
给他写信的人只能转变话题
“一个贵州和尚，每天用清水作画
他出版画册，印刷厂只需将一堆白纸
装订成画册的模样……”他在回信中
对此不以为然，一再追问：“请你
回答我——这个贵州和尚，他用来作画的
清水中，是不是浸泡着白骨，或者毒药？”
通信已经演变为一种精神犯罪
到去年春天，就不再有人给他写信
意在让自己在病中继续收到信件
他便坐车去到一个不洁的小城
自己给自己写信。在虚构中

认真回答着世界上所有棘手的难题
如此往返奔波，令其病情急剧恶化
夏天的一个雨夜，他掉进了
小城邮局旁边的一个水塘。过了两天
人们把他打捞上岸，他的衣袋中
装着一封信。信纸上面，字写得很费力
而且被水泡散了，只有两行
——“一个星期没有收到你的回信了。
告诉我，你还会给我写信吗？”
到那时，已经是第九天没人给他写信

登大观楼

孤岛、仙屿统一变成了平地
滚滚英雄谁在？烟波失守之处均是楼房
退出舞台的炼钢工厂
灯泡厂工人，单车厂工人
重机厂工人，望远镜厂工人
各有各的牢骚，各有各的乐器和歌喉
运粮河上，海鸥的翅膀
在空中染上了墨汁
在水上也染上了墨汁
近华浦那个楚僧讲经的草庵
改造成报废汽车堆放场
一个老太婆，自称不知道
自己已经活了多久，躲在
卸走了四个轮胎的大巴车里
修补着渔网。她的儿子
在大观楼下画画
以出售月亮和梅花糊口
画摊旁边，挖矿暴富的乡下青年

穿上龙袍照相，带来的马仔
西装加身，跪在他的面前
一声声喊他万岁爷
我在楼上听钟
钟声里，一片片白帆
在巨浪与巨浪间倾斜着下降
之前登楼的几个少年
正在打赌：如果谁背诵不出
大观楼长联，就得从楼上
跳下去。跳到楼下风起云涌的
老年游客的汪洋大海中
“啪”的一声，谁都知道
世界马上就会
陷入暂时的寂静

彼时

彼时：不欺暗室的人
醉心于春宫图，私种于屋顶的罂粟举起了小拳头
彼时：正值子夜，我你他三者合一
从衣服中脱身。枕边放着的那本传奇
已经读至末尾。它讲述的故事朴素，清澈
没有一个字带着恶意，但那些跟着故事
绕着宫墙一路小跑的人们
他们都是陪葬人的后代，人人希望
故事结束之前，能挖开理想国的王陵寻找父母
彼时：一位邻居上楼，步履轻巧
如果不是因为彼世已经无人制造出声响
我断然不会听见，一个担心被人发现的幽灵
她那双无声的布鞋子，踩中了
楼梯上我揉成一团扔掉的旧稿纸

求生如卷入暴乱

已至拂晓，还在想着西双版纳州
一种鲜花是灰色的。它们开满了
老挝丰沙里省与镇越县之间，有苦味的
阿卡人久居的斜坡。阿卡人相信
任何一棵花树根底，都埋着一位
“香得令人喘不过气来”的美人——我反复
猜想，这是不是美学冰封期在局部区域
尚未融化，还是人们被迫承认
植物终将取代人类的事实，植物的肌理中
存在着人的灰烬？灰色的鲜花，我为之
喘不过气来。求生如卷入暴乱
朝圣像聚众讨债，窄门前的人
多如饿殍。美学导致的文明进步的幻觉
或美学延误的思想改良，已然让我们焦急
睡不着觉。但在斜坡上，阿卡人
反应冷淡，身临绝境，他们也不赞成
到别人的家里去设置神龛。他们从不激励
种茶的儿子去深渊里练习游泳

也不会把江湾捕获的大鱼带到山顶祭拜山神
事物各有其紊乱、从容的体统，自在生灭
不宜以敬神的方式渎神。我无力回天
思维仍似蛛丝盘绕在灰色鲜花的枝叶上
因为有受难者在下，它们总能如愿
适时的苏醒，怒放——我岂能视其为异端
——那灰烬的残香，带着疑问的浓烈之香
不安的异香，尽管已经令我的嗅觉
消失在迷雾之中。然而我惊诧于它们向外呈示着
涂改或浮夸现实的一面，却又能以最易接受的
香型，例如少女的体香，将我们大理石的鼻子
软化在一张张戏剧性的四川脸谱上

寓言：击鼓

一个人在深夜的湖边上击鼓
春祭，鼓心里藏着他的敌人
“循着鼓点前往殒命之所，万物均
难逃铁的秩序”。他判定湖中必有鱼儿
领悟其谶纬，趁着夜色
用头颅顶破青铜之水，跃至岸上
“像家人收受了巨额佣金
前赴刑场顶罪的人”，在鼓声中乐极
生悲。也必有黄鳝，闻鼓痉挛
弯曲如钢，把身体硬生生插入湖底的黑泥
那一时辰，湖山无异变，月光若有若无
唯鼓声时如马蹄踏坟而过，时如老僧
与玫瑰花说法，时如算盘珠子
快速拨动，加减着人生波动的账单
世界之角，这个人递进式深挖洞，广聚粮
一再傲慢地公示档案库铜锁的密码
已经诱导夜隼、沉星、隐士
已经迫使蟋蟀、萤虫、浮沙

加入了他的阵营。安放大鼓的土丘旁边
几丛仙人掌，素来信奉折中主义
但也正将布满芒刺的手掌
拍得叫人心惊肉跳。哦，相似的夜晚
波涛来自湖心的潜流，我在同一座土丘上
等待摆渡的船。波涛的后面躲着从彼岸
折返的革命党人。语言尚未万能，复述的力量
尤其薄弱。我只是记得波涛消失之后
他们把我当成了对方的哨兵。我逐一
介绍自己，解释高坐于土丘并非因为立志
仅仅因为湖边就这么一座土丘。捍卫我
遽然变成捍卫土丘的纯洁性，一张嘴
止于辩白，止于对另一个登上土丘击鼓而歌的人
无情的构谄与批判。“谁也别拦着我，今夜
我非把他绑起来，交由你们处置!”
湖水仿佛由今夜倒流而去，击鼓之人却似那夜
未曾现身的船老大。那夜，今夜，我都不知道
泅渡与击鼓的奥义，不知道无故卷入其中的事情
以后还会发生。几个燃烧的醉汉
黑豹一样从楝树林中跳出来，听见鼓声
如太阳里的狮子群在怒吼，要我
向他们出让那条等待中的船。我和我们

谁都想借助幻觉，远远离开幻觉化的现实

你不想离开？用来比喻醉汉的黑豹也不想

离开。这让我的离开多了两个理由

在乌蒙镇小教堂门前

坚果壳内，种子的动力与胜利
是我一生中稀缺的
日常生活内容。夕照拉倒冷杉塔状的影子
群山静候黑夜收走万物的外形
——我徒呼奈何，不以它们对应
我中之我一个个地丧失
有风如玉指翻动衣领，亦有明月
在落日未落之前挂在了小教堂的电视天线上
我移步至祈祷毯那么大的一口水窖边
掠水洗脸。水中的腐叶
触手即灭，而我内心的烦恼、杂念
只能容我去到别的地方
再慢慢地清空，不在此处打开魔盒

秋天

它们也得交纳今年的赋税
稀稀疏疏的黄叶，仿佛黄纸包着的银币
一枚一枚，没有响声，轻轻地
放到了秋天的桌面上
看着某张黄叶，反弹进入天空
像麻雀那样孤飞，我也才理解了
晚年的豪尔赫·路易斯·博尔赫斯
他为什么拄着拐杖奔跑
一直在我们的脸上寻找着他丢失的双眼

暮晚观云

暮晚，天空里出现了
一座座移动的雪山。落日之光照耀，
一如绛红色的圣城，但里面还暂时无人。
我坚信这是天空又在创世，我们虚构多年的
天堂，天黑之前，
正在朝着未知的星空转移。

公园

灰白的磐石筑起高台
或让它在滚动中静止不动
旁边新植的松树有着手工制作的挺立精神
池塘里水少，荷花，垂柳，构树
青草里游出来的红鱼，形状与数目
人们做了精心的设计和计算
品行，思想，自然之美，一一没有越轨
那几棵古老的娑罗树，它们站在
坍塌的舍利塔下，也被划入了废墟的范围
断然不敢表现出反对新生世界的神色
健身广场上，核心处的水体景观
倒是明显没有进行人性化思索，常常有人
失足跌入其中，让人怀疑它是有预谋的陷阱
失控的，唯有时间。设计者粗心了
他们在建设这个瞭望台时
选用的材料不是石头而是原木
短短几年，时间自行将自己扩充为几百年
每一根原木已经腐朽，没人敢去上面望远

哦，竹林的善变也令人大惊失色
它们被安排在路边生长，现在
水泥路面被撕开了众多的裂口，冒出了
它们的一颗颗炮弹一样的尖脑袋
众多的黑铁护栏温顺，曲折，集体涉险
生出的红锈总是被油漆和油漆工
无情地一次次地压回体内
我一直想知道公园游客的数据
但我明白，光顾此地的人都是复数
也被安排了，是命运安排，谁也不会
告诉我，他的一生就是定时在公园中转悠
好像在路面上能捡到珍贵的钻石

光芒山

不经意走入了一片树林
树的名字我不知道。它们就像
烟霞中走出的一群古人
我喊一声，“五柳先生”，他们摇了摇头
我又喊，“王摩诘”，他们一惊
纷纷转过身去，还以为王摩诘
来到了他们身后。我第三次
叫喊的是一个不存在的人名
他们互相打量了一下，每一个都欣喜地
回应了我。山居的时光，我是如此地
依赖一棵棵树。看到它们
绷得笔直的腰杆，我佝偻的腰身
仿佛就多出了一根根坚挺的硬骨头
它们的枝叶间藏着很多种鸟儿
听到鸣叫，我就会觉得有很多人在头顶上
为我抚弄琴瑟。我在它们中间随俗从流
做过每一棵树的影子，和每棵树一样
用影子安慰过自己的落叶

曾作为折断的枯枝，在空中
感受过死亡来临时向下坠落的宁静
某些黯然神伤的节日，我想我就是
一棵麻栎，叶片上挂着闪光的露珠儿
在它们的领空内
像个孤儿院里饱含热泪的孩子

寂照庵

冬天的两棵柏树之间
太阳出现，蜡烛的光缩减至记忆中
而当白雪和月光
从空虚的外部同时降临，一位光头女子
从那儿走过，怀里端着一筐落叶
她的脚步轻如云朵
但还是有“咯吱咯吱”的声音传出
就像另外有位沉重的人也在经过那里

湖边白日梦

湖泊涌至窗口，水没有动身
到来的是声音和蓝色。还有什么东西
也到来了，贴在玻璃上
甚至穿过了玻璃。不是光
湖泊转手相送的光，会与我自己的
光，产生激战。不是湿漉漉的风
风还在湖面上提着波涛的头颅寻找祭坛
这神秘的访问者，它们占领了我的房间
却又拒绝现身。在此空虚的午后
我想到了投湖者生前的影子
语言中的嗜血蝙蝠，但都不能采信
它们分头或混编而来，都不足以将我
从书桌前移至天花板，让大脑里的幽灵
倒挂在一枚铁钉上。哦，这不是
在把灯泡作为古老的喻体，视它为
闪光的怪物。而我确实像一盏灯泡
被它们倒挂起来，体内自由的血浆
像溺水者体内多出来的水，正灯光一样

排至体外。我听到了自己器官之间
一根根绳索或钨丝绷断的声响
也看见了倒立的书架上，即使反向
仍然肃立着的一排排书籍。不知是谁
送给我的石雕仿品《思想者》，混杂在
西双版纳手工艺人刀锋毕露的众多木偶中间
已然倒悬，必将作为废物或变成齑粉
却似有鬼骨一样的铆钉，将它们牢牢地
固定在失落的一瞬，无法逆转的一瞬
让殉难也成为原始的奢求。如此反常理
在此白日梦中我没有挣扎、求救
而是在醒来之前，在倒流的泪水中加入
洗洁精，不厌其烦地冲洗着左腕上
凭空多出来的潜水员佩戴的手表

松果

清除不了自己的重量，一枚松果
在观斗山的斜坡上向下滚动。开始时
受制于草丛和凸起的石块，滚动的速度不快
像一只不想飞行的鸟，步行着去山下
寻找水源。后来，坡度陡峭
而且遇上了一座绝壁，它开始向上
反复地跃起，并且飞了起来
它用身体勾画出来的弧线，超出了斜坡
所能承受的上限。所以，谁都没有看清楚
弧线画完之后，它终止于谁的怀中
或是否追上了那个被寄予厚望的自我

银杏终于掉光了叶子

冬天的宪兵队从空中来到。堆成塔状的黄金
被精心地铸造成一枚枚金币
通过抛物线，上缴给他们。雅歌
唱完最后一首，树底下的唱诗班就地解散
石匠继续砌墙，理发师继续打扫
掉了一地的头发，会计师继续装订票证
公务员继续接受绑架，沉浸在诉状
虚构的罪恶中。我被他们所遗弃
看见银杏树的叶子终于掉光，见证了
完美减少到零的整个流程。也看见
在这“永恒”之后的第一天，阒寂的枝条
围绕在树干的四周，自觉地均分
从天而降的劫难。我希望银杏树的劫难
也能分一份给我，我也有一身的黄叶和枯枝
可以用来换取一点儿未知的礼物
但另外的，来自无量山的朝觐者搅乱了
这低温中涅槃的一幕。他们断定
银杏树掉光了叶子，一座宝塔随之崩毁

手上攥着冥界出土的金币，汇聚到银杏树下
幻想着能将金币牢固地安装到枝头
我执拗地保持沉默，直到有人怂恿我
爬到树上，扮演不被悦纳，一次次从树上
掉下来的角色，我才“啊”地大叫一声
与他们告别，踏上了寻找另一棵银杏树的旅程
他们，对我的离开无动于衷，继续站在
光秃秃的银杏树下，和天空的宪兵队
商议着什么。那心神不宁的模样
就像是风雪来临之前，一群
满身打着补丁的园丁：他们无畏地相信
某种新的宗教即将诞生在银杏树的枯枝上

冈仁波齐

“在书房里团团乱转所走的路，测算了一下
等于我已经去了几次冈仁波齐
而且，我确实孤身一人行走在前往
冈仁波齐的路上。途中无人，太阳，天空
江河，群山，人间，与我背道而驰……”
这是昨夜我写下的谵言，读到它的人
请你不要相信它，因为即使我去了冈仁波齐
我也爬不上顶峰。我只是一头
行将被屠宰的，存活在高海拔雪山上的牦牛
是的，一头纪录片中不看镜头的牦牛
身上堆放着一吨左右的骨肉和血

在大理三塔景区

信仰早在塔身倒塌之前
倒塌了。建三座塔，意义就在于用多数的不朽
去给少数的消亡做注释，这工程量
是如此的浩大。在每一座塔的四周
我还发现了四个倒影：一个是每双俗眼
都能看见的原生的，地面上那个，塔尖向下
斜靠着塔身。一个是塔基下面那个
它伸进了湍急的地下河流中，濯洗着砖块
楼梯、阿嵯耶金像和大鹏金翅鸟。一个
在空中，坐落在白日的群星中间，把苍山视为
雕刻着云朵和杜鹃花的基座。最后一个倒影
它就是人们心头那个，已是废墟，佛陀
向它伸出手来，才会重归于完整
这三座塔和十二个影子，它们与反向的空气
雷同的屋顶和远处的湖面汇合
之后又顺从了从诞生到倒塌的运行法则
在空幻的云影和坚硬如补天之石的悬崖之间
缓缓地移动。失真的膜拜，人如狼虎

力量足以搬空神庙里的一切
但也没有止住。我亦在它们中间移动
暴雨像天空向下丢来了另一个洱海
突然涌起的波涛，瞬间把我淹没。那些跪倒在地
迅速站起来逃离的人，他们去到了未来
手中握住的念珠换成了佛像上拆卸而来的佛手
逃离如飞，我未能跟上他们被波涛追赶的背影

真实

他们找到了一片土地，据说
还没有人用过。一部分人装扮成流放者
让镣铐的撞击声无缘无故在那儿响起
一部分人模仿夸父、嫦娥
让奔跑与孤独，由抽象变得真实
我明明知道这很荒谬，但还是用饲养信鸽的
方式，饲养了一头大象。大象啊大象
它毫无节制地疯长，昨天夜里
在月光下它长出了一对红色的翅膀

昭通的星空

秘密仍然是秘密。过了那么久
星空与仰望者
彼此之间的距离没有缩短
彼此绝对陌生。想从星空
获得想象力，思想力，独白式的提问
首先就无比苍白，得到的回应
全是高攀不了的沉默
那一束束下射的光，一直没变
还保持着冰碴儿的温度
但你并未因此低估它存在的奥义
甚至现在也还认为，它与自己
有着神秘的内在关联
仿佛自己就是某颗星斗的儿子
自己某一天能够骑在这颗星斗的肩头
看一场尘土飞扬的乌蒙四筒鼓
人世上不追求星空恒定的秩序与面貌
一张张仰着的脸庞
像旷野上的葵花

每一年都会遭到大规模的斩首
有的人猛然发现自己的头颅不翼而飞
就是在仰望星空的时候
而且这掉了脑袋的人不会奢望
那一刻必有星斗因自己而熄灭
你遗忘过，但又意外地想起
坐在凤凰山顶独对星空的那一夜
一个人，一座山，一片星空
觉察到自己小如微尘
也发现自己的体积比月亮更大
内心的骄傲星空未必领会
只是这种神赐般的夜晚
稀少得只有那么一晚
即便后来坐到了阿普笃慕所在的神山之上
具有了平静的心，明白了灵光
永远不会刺瞎眼睛的道理
但还是不能用这一夜取代那一夜
用这片星空覆盖另一片星空
尽管它们区别不大
始终在以重复的形象示人
如此孤单，你却处于剧变之中
星空如此浩瀚却缺少变化

其中的谕示虽然不难领悟
但要从容地领受，放弃怨怼和不安
并主动将身体交给不变的
高深的阒寂，由彼彻底变为此
这却不是一桩小事件。星空之下
万物各得其所，可那原本的居所
绝非应许之地。你不是明白这一真相的
第一人，但只有你至今仍在请求援助
但愿另获一个新的居所
将天命安置妥帖。这条路有别于朝圣
是虚幻的，你却退不回去

空深

山已是高峰，白云
又在山后另起一峰
万松寺里正在超度怀沙的亡魂
梵唱中似有穿白袍的人影
结队从黑山峰去往白山峰
湖岸上，石砌的小路又被水淹
被逐出寺门的年轻人法空
蹚着水去到系船的树下
今天他无心捕鱼
他要划船前往那高山脚下的小镇
把一篓筐银鱼干卖了，买一部手机
如果还剩些闲钱，他也想
顺道迎请一尊
地摊上出售的白瓷观音

湖上诗章

一

看见我朝着它走去，松鼠
惊慌地钻入了树洞。我在树底
等候了很久，它及它的美短暂地消失
类似归于永恒。松鼠与树
它们都令我羡慕
一个可以瞬间消失在触手可及的
具体物体中。另一个多么完整、坦荡
却有着容纳消失之物的洞孔与内脏
我没有物体供我消失或遁形
我的身体与思想，除了刀刃可以插入
没有一个是万物进入的缺口
像一个穿着铁衣服的人
我走在湖畔，周身散发着
金属互相撞击的声音

二

枝条颤抖，几棵秋日之树
寂寞地清数着落叶的数目
去了天空的那些，落日里如失控的小舟
湖岸上那些，如麻雀争食秋风
掉在湖里那些相对安静
像凸着水面的鱼背。这几棵树
它们的枝条因此颤抖得更加剧烈
它们想象不出来，自己的枝条上
竟然会落下众多的小舟、麻雀和鱼背
但也有少数的叶片，日落之前
还悬垂在枝条上。枝条即将折断，也不去
寻找替身，一心要枯死在它们的怀中
但却被它们误认为那是几只
哀伤的乌鸦，等待着天黑

三

水中月向上的一面
也只是天上月向下的那一面

我没有获取过两个月亮
尽管我对获取两个月亮、三个月亮
或月亮的另一面兴趣不大
今夜，我感兴趣的是：几个警察
破案归来，他们坐在棕榈树丛里的
聂耳塑像下仰望月亮
月亮显然没有减弱年龄最小那位警察
内心的恐惧。在他的叙述中
某个寺庙
惨遭屠门，明晃晃的月光下
他们从幽深的水井里打捞上来了
一堆堆和尚的骨头

四

借一棵松树倚背，在距广场舞队
五米外静坐。舞者
皆是悬崖、险峰，疯狂的一阵舞动后
饰品纷纷落尽，本身毕露
挥动的双掌砍得断马骨
踢出去的双脚踩碎过菩萨
红纱巾卷起风暴，沙尘迅速蒙蔽了

我的双眼。我抱松而立
感觉这棵苍松顿时变细了不少
而且一直在变细，最终变成了
插在地上的一根斧柄

五

湖心岛上，杂树林自行荣枯
一座红亭子，二十年前我来湖畔居住时
已经存在。年年有人给它
刷新鲜的油漆，翻修亭顶与廊椅
保证它始终以新面孔闲置于
时间的内部。在难言辽阔的水域中央
它陷于隔绝，通向它的航线被废除
无人有权前往亭内独坐
赏鸥，唱花灯。亭子恢复为亭子自身
如一朵不会腐烂的巨菇。如倪云林
残画的一角。其寂静与空无
竟然如此的霸道，光天化日之下
也还藏着我们洞悉不了的秘密
有时，看见野鸭子大摇大摆地上岛
扇着双翅人立而行，我就忍不住

在无端的困局中笑出声来

六

水上光乱，气寒。谈起了
一个个只有背影的人
他们一去不回，没有一个将脸庞
公之于众。草鱼跃出水面
没有得到青草，“扑通”一声入水
白鸥绕船飞了几圈，翅膀上
有刀刃横切过来
冷雾中，我们的面容也不清晰
皮面上渗出了一层薄薄的雪粒
仿佛我们正在给自己制造
一场惨案：死去的自己突然掉过头来
冷酷的目光紧盯着活着的自己

七

听莺桥头的一株曼陀罗
花朵像灯盏，但没人伸手去触摸
过路的人停下来观看

因为它们含有致幻的毒素
我偶尔也会在桥头的石狮子背上坐下
想象有个中毒的人，骑着狮子
在潮水般的人群里闲逛
而且现场上无人因此形影慌张
我就此与朋友讨论过
植物对人的友善与仇恨，兼及他们的未来性
如临空山，身在碧溪，朋友
均是几座松下新坟的主人了
没有回音应对我的疑问与证见
正如那曼陀罗花落到地上
看见它们飘落的人，转过身
又去看荷花开放。不会有谁协助我
将一朵朵有毒之花移到心的外面

八

在观鱼亭观鱼，在戏鸥亭戏鸥
每一次，都忍不住
扇自己的耳刮子
水里，空中，舍命夺食者众
无论肉身还是翅膀，都在喻示我

而我已经失去反驳的权利与勇气
我未能让自己获得一份安慰
救赎取代不了耻辱
只能心怀善良,向着水面和空中
抛撒着食物——而更沉重的耻辱也随之
出现在我的面前:诗歌
应该取材于早已突破了宗教的爱
与美,而我仍然沦陷在古老的
罪与罚的迷宫之中

九

湖边疾走者走在自己的
钢丝上,独木桥上。没有一个
甘心落在我的身后一米
有持杖者艰难而行,我会放慢脚步
替他们找出用拐杖飞奔的理由
如果我停了下来,他们仍然不能
从我身边掠过,说明他们
在某一刻选择了反向行走
而我也会移步至九曲桥,让他
即便不与人为伍,也可以视我为与他

爱好相近之人。迅捷与缓慢
不是促成我湖边行走的标准，我不会
成为飞出去就下落不明的箭矢
也不会是朝圣者圆形旅程上
悲观的旁观者。只有湖面上那几只
白鹭鸶清楚，每逢黑夜，我就会前来
寻找它们的藏身之所，那黑色深渊内
灵光一样的白色身影，我一直
没有找到，它们也在避免我找到

十

落花不认为沉潭是一种
刑罚。莲藕被人从水底的污泥中
刨出来，已被黑暗育肥
对一生的禁闭也没有什么抱怨
这一池孤立之水，不知深渊
起于何处，也无视日常危机的轮番
侵扰，但它分明掌握了湖泊
在应对四周俗物顺从与逆反时的
所有技巧。投湖者反身上岸
坐在长椅上痛哭，投湖者一去不回

在湖底下潜心种藕、养鱼
它均能置身局外。唐堤种梧桐
阮堤植垂柳，两堤在湖心形成一个直角
那切割出去的扇形水面，其独立性
得到了雕花石栏的强硬支持
但万物空有其形而无命名之权
它亦从之。孤立中的分裂
形同两个深渊结成盟友
白天，可以得到两颗太阳
黑夜，必将拥有两轮明月

十一

东岸山那个椭圆形广场
我经常在上面散步
设计师和审定设计方案的官员
向我捧出了反自然之心。他们
用装镇静剂的瓶子
装了致幻剂，并且友饮甘泉
他们的所谓美学，就是将一片平地
撕裂成一块块圆形的碎片
用沟壑把碎片连成一体

我每迈出一步，都有可能掉进
蓄着臭水的陷阱。这探险家的广场
出没着一群打太极拳的中年男人
我从他们中间穿过
如同穿行于碎片化的白色迷雾中

十二

像一个死在陆军讲武堂里的人
我还在编写《步枪射击指南》
搜集战场上寄回的书信
却搜集到了很多歌唱战争的诗篇
在从一棵古柏里挖出一颗打偏了的
生锈的子弹头时，我开始寻找那一个
幸免于难的人，却找到了
高山顶上的一堆堆白骨……
做这些事情并非我的使命
我写诗，从不跟着子弹奔跑
我沉默，只为回避死者的质问
但是，看见满天的海鸥
像一根根白骨振翅飞旋，我无处藏身
亦担负不起如此密集的回访

只能站在定西桥上，对着倒塌的天空
默默地陈述一个生者对所有死者
内心所怀有的歉意和敬意
以及自己的沉沦、恍惚和孤独

十三

身体里有再多的圣灵和妖怪也被
吓跑了。雷电与暴雨刚过，毒日悬空
在湖边假山上晾晒衣服时
我发现自己的身体也被吓跑了
无人的角落里，我也归于无
就剩下假山上那一套灰烬一样的灰衣服

十四

空无一物。特指没有人影
其实此时的九龙池里
水面的白云之间，还有两只黑天鹅
朴树在水中倒立，长廊尽头
空亭子的环移椅上放着一个
吃了一半的苹果，果肉上留有

一丝鲜红的牙龈血

水池中央汩汩向外翻动的水波

也总是被人视而不见,那是

池水之源：一股地下碧泉

在黑暗中垂直而上

兴致勃勃地奔向人世

十五

夕照从水面缓缓退走

月光又从水面静静来到

退走和来到的，不是换防的队伍

也不具有黄金与白银之间

古老的价差。一切都自然而然

万物从未发过反对者的声音

但它们的确改变了世界

就像白天他们看见了耶稣

晚上他们看见了佛陀

十六

谁在敲钟？它吓了我一跳

到底是谁在中午的水底
或树冠上敲钟？这钟声敲得
实在急促、慌张，令竹林里的人
毫无心理准备，顿感天下大乱
“咣，咣，咣”，是谁？敲击钟之力
为何越来越沉重？钟声
为何越来越像铁锤砸在湖边
籍籍无名者的墓碑上？我已经多年
又聋又哑，但这钟声我听见了
而且握住两棵罗汉竹对着竹林外
大骂了一声。是的，我已经不相信
还会有什么利己的事儿发生
在掠夺者和利己者中间肃立的
早就没有闲隐之人，只有会计
和刽子手。而在虚弱的利己者身后
也没有纪念碑作为支持
只有罪人。包括这些罗汉竹和毛竹
其戴罪之身已具有非凡的繁殖能力
哦，高大的楠竹，只要你
仔细地端详，它们天生就是
利己者灵魂里插着的巨笛
天生就是不祥之钟的对立面

我又能怎么样？钟声开始变得像酷吏
拍打门扉，间插着咆哮与哀求
谁也说不准，这钟声还想索取什么
还有什么可以拿去。湖水，白鹭
月亮，一一听命于它，林间空地上
人们正以它的节奏跳起跺脚舞
但我还是预感以钟声杀人的神话
已经呼之欲出。从竹林中出来
我看见湖面上漂浮着
一条条气若游丝的红尾鲤鱼
它们先于这些竹子，先于我
被中午的钟声喊走了

十七

你没有在黎明的街头闪现
你就不知道，昨天晚上
有多少人露宿街头。昨天晚上的雨水
不小，从昨天黄昏一直下到了
今天黎明。所以，即便那些
露宿街头的人，他们也未必知道
一只灰鹭，昨天晚上

一直站在这城心湖泊的一根木桩上
木然地望着湖面和灯火熄灭的楼房
它的四周，雨滴像细小的黑石头
落向水面又很快地向上跳跃
看见它的时候，我以为自己隐约地
看见了一个孤绝的守夜者
它是灰色的，沉默的，在水上
接受着冬夜天空冰冷之水的洗礼
而它也同样像守夜者一样：醒着
哀伤着，哭着，但对消失的
和正在来临的一切无能为力

十八

“建筑成为一种暴力以来
打桩机的声音，当它在窗下
不分昼夜，以魔鬼的节奏恶狠狠地响着
你真的听到过吗？有什么感受？”问卷以落叶的形式散发出去
不出我的预料，一份也不曾
收回。沉默，湖边小叶榕上的乌鸦
也选择了沉默。而其中的缘由
非常的直白：人们可以忍受

暴力反反复复的蹂躏
但容忍不了我
一个诗人斯文扫地的发问

十九

飞离的海鸥又于冬日回返
在狱卒眼里："这就像刑满释放的人
已经回不到另一种命运中
把犯过的罪行又犯一次，两次，三次
再次回到我们中间，他们的双眼闪着泪光……"
他历数着监狱的好处，首推
"站在高墙的豁口眺望落日"
然后，语气加重，说起了监狱里的
自由："每一个人，分别独坐在
自己的深渊里……"按照他的观点
我抬头再看湖上的海鸥：它们
每一只都随身带着一座
自己的监狱，滑翔、俯冲、停顿
闪现着服刑者内向的喜悦

二十

灰马将头伸进树丛去寻草叶
弧线优美的腰身、摇动的尾巴
留在了外面。没被树丛接受
还被它也忘记了
因此今天我遇到的马
它不仅没有头颅和鬃毛，而且
我想象出来的所有头颅与鬃毛
都不能与之匹配。它的头颅
它的鬃毛，也被它的腰身和尾巴
彻底忘记了。我想象不出
它昂首嘶啸和奔跑起来的姿态
我拒绝接受的一瞬：树丛里的草叶
被啃光了，它退了出来
而且当它退了出来，它将看到
旁边的草坪中央，钢铁
焊接的一个巨大鸟笼
里面立着的奔马塑像出自磐石
鸟笼外排着长队，年轻的母亲们
正把孩子高举到马背上

二十一

这位穿白汗衫的老人
须发俱白，但还有着强健的体魄
他锻炼身体的方式
非常特殊：每天清晨
像接受了谁的命令，一定要用皮鞭
对一棵古柏施与一千次鞭刑
一边抽打，一边叫好，一边跺脚
他那狠劲，皮鞭抽击古柏的声音
每一次都在我的心脏上留下
一千道鞭痕。我视古柏
如杜甫，如鲁迅和顾准
这位鞭柏者，不知道
他把古柏当成了什么人物
不知道，他对一棵水边的古柏
为什么怀着如此深重的仇恨
每一次，当他停下，用毛巾
擦着大汗，我都走上前去
试图与他搭讪，他屡屡怒气冲
对着我大吼一声：“请你滚开！”

然后，将皮鞭收入一个雕花木篋
斜挎到背后，跳上一辆
老式的载重自行车
隐迹在滚滚众生之中

二十二

萤火虫能给自己照明
灯笼后面，那个黑色人影却缺少
将自己当成柴火点燃的胆识
灯塔、狼烟、烽火台，自身无光者
即使置身于白昼，置身于神使中间
他们亦掀不起夜幕的一角，召唤等于惘然
正如那说书人在迷雾里托孤
正如那革命家在舞蹈里抓捕
正如这么多萤火虫受困于
它们各自的光明中人
——如果我们总是提前知道湖面之上
撑船而来的人，他是个清洁工
而不是深夜的摆渡者，神的仆人
那就说明：弑神者已经接管了世界
天宫已经改建成为故宫

二十三

在湖边，一个人能生活多久
而湖水也一直清澈见底？在湖边
心上有了什么样的宁静才能明白
湖水不是明镜？在湖边
向蛙问求鸣叫的意义而蛙以鸣叫作答
你会不会再一次次问蛙？在湖边
残忍的世相颠覆了自然之美
谁能在两者中间建立起
别开生面的普罗秩序？这些疑问
反复折磨过我，我的应答
因为悲观情绪的剧烈波动
而互相矛盾。湖泊肯定具有乐观的
一面，疯狂的乐观，以及乐观
可能带来人性向善的奇观式变化
它们会让所有疑问烟消云散，但也会
掉回一张魔鬼的脸谱，逼视着我，
令我对理论上的未来心怀恶意
在湖边，我曾经斜靠在一棵
桉树的躯干上，看着一只受伤的喜鹊

拖着翅膀，小心翼翼地啄食
海鸥吃剩的面包渣
它飞不起来了，受到行人惊扰时
发出来的喜悦叫声里
有一半是本质，另一半则是
恐惧与求饶的混合体
我想我可以向它施与援手，但当我
弯下腰去，双手还没触到它
它竟然奋力地向上、歪斜着身子
飞了起来，越过石栏杆，去到了空中
然后像一面失控的风筝
没飞出去多远，就掉进了湖水
短时间的挣扎之后，放弃了挣扎

2018年9月昆明

北京的雨

这一场雨落下来，汇成激流
只为浇灭一盏路灯
另一场雨，子弹一样独立
每一滴都准确地打中一张树叶
也有一些树叶，同时被几颗子弹
打中。今天晚上
落了很多场雨，还有很多场
屯集在天津和石家庄的上空

黎明

月亮退至灰黑的山顶
在等待着天亮。光芒所剩不多
留下供自己用度
镜子里开始有人醒来，熄灭的火焰
又一次点燃在一锅清粥下面
群星遁迹，红柿升空
不一样的哲学，自有不一样的信徒献身于
黑白交替的边界。暗角消失之时
路灯关闭，广场上的喷水池里
也才会汇聚这么多裸泳的人
邮箱四周也才出现告密者
排起的长队。推广孤例，盗圣物惑众
命令事件等同于一再篡修的真理
这已经不是夜航者上岸后
推倒灯塔之际唯一的法门。利用梦乡
训练铁血雇佣兵，或者另建一个
隐形的国王，小院中那只报晓的公鸡
也能做得滴水不漏，而且还在

自己的血肉里，提前暗藏了毒药

所以，当迎亲的飞机群出现在天上

必有几十列火车正奔驰在

前往同一个葬礼的途中

也必有宿醉中的父亲

将上学的儿子送错了学校

在高铁列车上

守灵。是的，高铁列车火速通过
南京之后，后排的两位旅客
形象酷似贾科梅蒂的人物雕塑
他们谈论着守灵：言行局限在思想内部
不准备带上肉身和命运。担心
自己未死而已经有人送来了灵柩
车窗外，灰白的江南雪夜如一张
浸满水渍的旧纸片，肢体分裂的亡灵在上面
雪花似的反向飞奔，与我记忆中的守灵夜
严密地叠加在一块儿。那是父亲领着我
踏着夜风里的积雪像踏着冬天
易碎的白骨，去给一位死者守灵
河流封冻，落光叶片的树木
枯枝在摇晃，意欲摆脱身上凭空多出来的
那一层白色紧身衣。牢牢固定在树干上的高音喇叭
也在摇晃，播放的广播剧里有人正被押赴
刑场，凌乱的脚镣声、枪声和喊出半句的口号
改变了风雪之夜的性质。原野上的草垛

则令人联想到一座座后来者鞠躬凭吊的陵墓
而这些陵墓之间，深夜游行的青年
挥舞着旌旗，正在批斗悬挂在树枝上
一具僵硬的尸体。“儿子，不要害怕
死人与死狗，他们仅有的区别
——人死了叫死人，狗死了叫死狗……”
父亲给出的谜底，显然稀释不了
一个孩童关于死亡浓稠的想象
如身后的旅客所言：“杀死几十万人
比暗杀一个人更轻松，但一个人之死
其实又是一个群团的人相约去跳海……”
是的，我敏锐地发现灵堂里的气温
比室外低了几十度，看着那具磐石一样
黑色的灵柩，仿佛一群乌鸦
集合在一头死牛身上，翅膀闪耀的黑光
我为之眩晕，将脑袋和双手插进了
父亲的破棉袄。但父亲急于加入
围着灵柩喝酒和唱歌的队伍
他撇下我，回忆起死者生前干过的
荒唐事：他曾往水牛的屁股里塞入一个个
点燃的鞭炮，曾把种子煮熟了播种在荒丘上
他们使劲地对碰着酒碗，无所顾忌地

用锋利的牙齿撕吃着死者，说他用冰块
搓洗燃烧的阳物，在深夜
偷伐寺庙的苍松建盖私人的厕所
捞起投江的女人但又诱奸了她
就像要在这最后一夜，找出这位死者
所有的隐忍，决不让他带走
疾驰中的高速列车，精确地重复着
抛丢与接纳，怀抱遗骨的江边移民倏然不见
高声打着电话的人，行李尚未安放妥当
便着急地寻找着座位。火车已经提速
座席温软，但有人习惯于将自己装入蛇皮口袋
睡到座椅底下。人们空前地互相隔绝、排外
在微信上无话不说，但与邻座的陌生客
已经没有问候和交谈，每一列火车
都是表情各异、缄默沉静的罗汉堂。我的邻座
一位老年妇人，中途上车后她一直闭目垂首
低声背诵着《金刚经》，与两个谈论守灵者
不谋而合："当我们实现了对自己的救赎
亡灵的身上就会出现新生的胚芽……"
他们继续进行着思想狩猎，声音开始失控
是车厢内开显真知的奇特景观，而我
正在结冰，胆怯而迟缓地移至长明灯前

用微细的火苗烘烤皲裂的双手。那弱光
让我忘记了光的上面就横放着
巨大的灵柩。灵柩里的人，曾当着我的面
将一条活狗悬吊到梨树枝头，用铜线
箍死狗的嘴巴，一刀刀剔剥活皮
狗在空中苦斗，每一根骨头自发地跳出体外
猛击着自己的头颅，直到挣脱了身上
几十张带血的多余的鬼皮或人皮
这才死于失踪与倒挂。但当睡意凶猛袭来
伏在灵柩带着弧线的黑壁上，我一个身体瑟瑟发抖
另一个身体安静地进入了梦乡。可以想象，父亲
仍然在守灵者中间，喝着烧酒，无视守灵之夜
其长度、宽度和高度均是现实之夜的无数倍
喝醉之后，体内全是无名的烈火
父亲，像往常那样，在雪地上
东倒西歪地走着，诅咒天气，诅咒
拦路的土丘和白杨。碰到屋檐下熟睡的狗
飞起就是一脚。一条狗的狂吠
立刻打开了全世界所有的狗身上天生的
愤怒的扬声器。进了家，也不关门
倒在床上便沉沉入睡。而当我在灵堂的冰块中
试图翻一次身，从灵柩上滑倒至地面

睁眼四望，灵堂里只剩下灵柩和它之下
那盏长明灯刀尖一样摇曳的火苗
守灵的人们，以亡失的方式另存了躯壳
我颓然地坐在长明灯旁，没有出现现实或想象中
惊悚的厉叫、哭喊和逃跑。那个理应夺门而出
呼救于雪夜的孩童，他以为自己
伏在灵柩上时已经死了，奇迹般接受了
死亡在死寂中意外的到访，平躺下来
继续睡觉。直到前来超度亡灵的道士和送葬的人们
发现了他而他才在某个人的怀中一度昏厥
“在一面绝壁上凿出一个洞窟
自己躺入，让人们从外面把洞窟封锁
守灵的人在绝壁下建起牌坊、祠堂
和村庄……”身后旅客的声调
渐次柔软，继而由呼噜声取代。我身边
低诵《金刚经》的老妇人留下了空位
列车停靠杭州东站，代之一位
外出寻子未果的云南老头，其身上散发出来的
劣质烟味和草木灰气息，让我误认为我与父亲
与烟瘾发作在车厢接口焦躁不安的背包客
与奔赴网约的逃学少年，与身上只有零花钱
心上装着帝国的空想家，与脑袋里埋着地雷的隐士

与犬儒和狼心，与割掉舌头的哑巴与歌者

与象征特权的制服和没有人权的躯壳

与穿着睡衣或戏服出门的女子

与众生简化而成的一个人，同坐在一列

顶着漫天风雪飞驰的列车上

一次没有尽头的漫漫旅程正等着我们

今天

喜鹊筑巢的树枝
由杨树换成了红豆杉
蜜蜂采蜜的花丛
由野花变成了玫瑰
剧变清空了我们脸上的杂物
也让河床高悬至我们头顶
外婆在世，还有人喊魂
我们在坟地里也能安然入睡
现在，看见书本上的枪
我也会一惊
觉得它正向我射击
而我的血，竟然怎么流，也流不完

山中落雪

我本想今天到另外一座山去
找人谈天。但大雪封锁了
山中的小道，满地尽是月亮
穿旧了的衣衫
不会有人来访了
酒已喝光，黑字羞见白精灵
我索性敞开了大门
让雪花朝着灯光斜飘而来
在火炉边，落了厚厚的一层
也有雪花落进了火焰
我听见它们，在化身之前
都会“急，急，急……”地叫上一声
仿佛从天上带来了什么
紧急的回音。而我早已
目光收回了心内
脸上跳跃着火焰的影子

河滩上

间歇性遭遇洪峰

一块磐石或一棵树，已然失去

挺立的内在动力。当洪峰

终于分批次掳走了时间

河滩上的寂静，在产生死亡的同时

也会用一个比死亡更加隆重的梦境

为它加冕：所有远去的洪峰

像飞翔的群山那样，瞬息之际

在它有限的躯壳中重新现身

并且凝固。如百万头发疯的狮子

藏匿在一颗生锈的铁钉内部

也可以由此联想：他们朝圣归来，毫无预兆

便累死在了恭迎他们的人群中间

他们的身上，风尘未洗

装着经卷的行囊也还没有卸下

雪夜

树梢上的风里有人
叹息的声音，有琥珀破碎在水井里
我在屋内提着灯笼画虎
两只手握不到一块儿。同时一匹受惊的马
正从炉膛内猛然地跃出
需要两只手合力才能抓死
它燃烧的缰绳。而她的睡梦中
一群白象正行走在牛栏江
重返梁王山的波涛上面
它们将从两岸带走私藏的幻想
只给我们留下废弃的码头
我们无端地承受着假象之中
真实之刃的切割。窗外
落过的大雪又开始落下，提前惊醒的
孩童，用雪花垒成自己
然后等着它们融化在水中

鲜花寺

一

人们谈论着辽阔的天空往事。诸多敌对的
思想，都急于证明：开挖银河的劳工
和开挖京杭大运河的劳工
不是两拨人马，他们是同一批劳工

二

往大海里投放安眠药，在实验室培育
神话中燃烧的海水。从静止的桥墩
找出运动的荒诞哲学，又于开颅手术时
用黑铁偷换病人的蝶骨
他们：拆除了飞机上拥挤的座椅
迎宾的酒宴设在万米高空
他们：将一只凤凰标本悬挂于博物馆的地下大厅
命令人们忘我地赞美，但杜绝自由地模仿

三

在基诺洛克小镇[①]。从九岔路口[②]
返回来的人，身上带着不止一个多余的魂体
他们捣碎兽骨做酱，把变酸的茶叶放入坛子
并且敦促那些被死去的少女们
深深爱着的猎手，在预设了多个出口的迷宫
大碗大碗地喝下迷药。谁也无权单方面选择遗忘
对死亡与爱的多种尊重之中，把挥刀或射箭者
关进看不见的金笼子，这只是最仁慈的一种
祭司已经老眼昏花，祷词和咒语
仅仅记得没有形容词和副词的那一部分
本来应该将一根根新纺的白纱线拴在路边的
芒果树上，让仍然热衷于丧葬的鬼魂
在上面冲浪、赛跑、表演杂技，或学习蝉叫
但他把白纱线错误地拴在了屋宇的一根根立柱之间……
人们知道厄运就像春风，每年都会降临基诺山
现在又才明白：厄运具有其他降临的方式

---

① 基诺洛克小镇：镇名，在西双版纳的基诺山中。

② 九岔路口：基诺族原生宗教文化中，天国、鬼国和人间交汇的地方。那儿云集着希望能前往不同国度的人、鬼、神。

而且如此的无解，仿佛屋基下埋藏着无数落日

四

“阿嫫杳孛[①]，阿嫫杳孛……”
史诗中的冥河上，一座电站已然完成了
工程量的一半。戴罪求生的工程师惊恐地发现
领取赎金的施工人员花名册，由几十张纸页
变成了厚厚的一本。多出来的死者姓名
用孟高棉文字书写，看不到尽头
“阿嫫杳孛，阿嫫杳孛……”
开始蓄水的河面上，削去了雨林的边坡上
安装机组的人工山洞内，呼喊阿嫫杳孛的声音
像几万头狂奔的野象所有的骨头同时折断
一种诠释多年但又不知奥义的真理
呼之欲出。而且阿嫫杳孛默许他们用肉眼
也能看见施工人员的队列中
正有放弃彼岸的人马源源不断地加入进来
“阿嫫杳孛，阿嫫杳孛……”如空中坠下的
巨石，亦如河面凭空冒出的群岛

---

① 阿嫫杳孛：另译为“阿嫫腰白”，基诺族人的创世女神，盖住大地的妈妈。

他们开始跟着呼喊偶像之名的时候，已经失去
对眼睛和心脏的控制，迷乱，仓皇
身边的器物瞬间锋芒毕露
公开显现出反抗者古老的雄姿与棱角
阿嫫杳孛出现在红毛榉树中间
身上长出的花枝上，一个个
椭圆形的蜂巢向下流淌着金黄
色的蜂蜜

五

一个观点，正向着未来渗透：月亮里
遍布着密密麻麻的墓碑
开挖银河的劳工全部死在了天上，京杭大运河
不是他们的杰作。观点的主宰者
理由充足："一拨自我封神的人马
在人世上复活并继续充当劳工，这只会
提供如下信息：创世史诗成形之前
遭到了另一批劳工无畏的篡改!"
嫦娥奔月，青蛙王子，已经沦变成了
自我封神者行乞于众神与众生的实证

六

阿嫫杳孛现身的次日夜，鲜花寺的高僧法莲
在空深阁书写了十个字：“人老笔椽下，
云生砚瓦边。”[①]暗中嘱咐弟子：“从此寺门不开放
我要另创一种时间、钟表和计算单位。”
他圆寂的托词解救了众僧，寺门之内
另创之物直奔永恒：诵经法万籁俱寂
一只青苔覆背的乌龟就是暮鼓
供果来自冶炼，柏树被凿空，借以储藏
黑袈裟和仿瓷的舍利子。在那条从大雄宝殿
通往塔林的钛合金走廊上，安装着星座、镜面
和赕佛者的木雕座像。塑料花枝闪耀着银光
一群群新发明的鸟儿身体上设计了
飞机那样的舷窗。事物的自身兴之所至地改变着形质
而精神的载体上却一再地旋入锃亮的螺丝钉

① “人老笔椽下，云生砚瓦边”：明末清初诗僧苍雪的诗句。苍雪，云南呈贡人，江南丛林领袖，以佛学和诗名重一时。

七

以“嘀嗒”声示人的时间，对人
已经丧失了吸引力。现在的时间有两个
替身：物与人之间互相凶狠的审问
陵墓内傲慢的死寂。我们在反目的父母
亲手描绘于天花板上的天空下，把箭囊和旗袍
寄存于火焰，把烈酒和蜜桃放进水缸
纸币、账单、银行卡、小说集，则分别装进
陈旧的信封。茶叶、剪刀、铁锁、安眠药
《坛经》和《圣经》，仍然放在木桌上
“它们的功能，曾经对人们的命运进行反复奴役
现在已经到了清除的时候。因为我们
深陷于现况的失据与复杂，神示之路
或小说里虚拟的天窗，只能视为
安慰与催眠。”这纪录片中的旁白
通常挂在医生与囚徒的嘴上，心绪不宁的僧人
偶尔也会说给家破人亡的隐士们听
它之所以回荡在父母的客厅，因为我们
还没有捕获旁白背后藏匿的鹦鹉
在错觉体制的内部，时间的诅咒，过去对今天的

否认，未来的虚无，这三道可有可无的闪电
还在屋顶上轮番下劈。我们也想在关闭煤气灶
切断冰箱电源之后，迅速地离开，去街道上呐喊
可在这死寂的下午，我们还有一件事情
没有做完：一位用担架抬进屋内的访客
他是个守墓人，用毕生的时间
守望了一座空山。眼泪从墨镜后面流出来
舌头肿胀，气息细弱，他哀求我们
为他做伪证：那座山绝对不是空山，每一棵松树下
都埋葬着南诏国的国王，反抗者的首级
骏马、老虎、孔雀和少女的白骨

八

不经意的残忍随处可见，而且未必站在
同样不经意的美德的对立面
一丛丛野百合，它们生长时遮住了虎穴，老虎的脸
装饰着香气弥漫的花朵。峭壁与箭毒木在阳光下
一眼就能识别，但日落之后它们所做的美梦
足够让每一位闯入者昏迷或反智
我们曾经设计令水火不容的黑帮首领
在摩天大楼的顶层互相杀戮，也遇上过绑匪用匕首

胁逼托钵僧……无数种极端的事物凑到一起
只会证实我们的胸襟和想象力的弱小。即使老天爷
临时向我们赐赠能双向讨好生者与死者的
玫瑰花的胆识，我们还是觉得这位担架上的守墓人
他那瀑布冲击着屋顶，按诺亚方舟的尺寸
构筑起来的石屋子，除他之外的人一旦住进去
骨头瞬间就会化为齑粉。山谷里的风卷
野人象似的突起、结冰。南明王朝的众臣抱成团
扮演杂树林、芦苇、鹭鸶、山梁上的云雾
继续挥霍着白衣没命军[①]的精神遗产
一只蝴蝶，翅膀在理论上无比脆弱，就像我们
在理论上脑袋像椰子一样注满了甜水
但它不局限于某棵剑麻，它飞到了守墓人的石屋前
试探着瀑布的气浪，以为这间石屋就是
爨氏家族秘密的春酒房。它也有雨林战士
醉死在猎艳路上的公愿，传教士在译著经书时
擅自加入利己内容之前必须痛饮美酒的做派
它亦心领神会。它具有人性。被气浪所迫
快速扇动翅膀，以逃生的雄姿向我们飞过来的
那个决定性时刻，它颤动的触须，我们理解为

① 白衣没命军：语出《新唐书·南蛮转中·南诏下》，南诏国部队名，曾攻陷唐安南都护府。

“无效的天线猜测到了不祥。”守墓人则说
“我看见一只秃鹫从头顶俯冲而过。”
作为导游，砾石间风干的蚂蚁，草丛中的蛇皮
他都认为它们死于某次“国王的烈怒”
向阳与背阴的山坡同时响起蝉鸣，喜鹊与乌鸦
叫声里出现互补的内容，他的双手
猛然抓住担架的两根铁质护杆，双目紧闭
像是在屏息细听死者朗诵迟到多年的家书
他不再是滇南山地上风光无限的
情歌王子，那个像他一样把坟状的山峰
一律指定为古墓的大人物，也在赋予他守墓人身份之后
泯然于众，不知去向。与盗墓贼搏斗了一生
山茶花般的恋人远嫁乡干部，多次遭遇谋杀
双腿反复被打断，甚至在黑夜里被蒙面人绑在树干上
批斗、审判，熟悉反抗与屈服的技艺
——“请你说出王陵的入口！”谁都这么问过
他的背上还留有这九个字深刻的刺痕
质问的空话与回忆的空话，每个字杀机四伏，荒唐性
令他无法确认自己是否经历了这一切。我们
也嬉笑着问他：“请你说出王陵的入口！”
他严肃地回答：“我真的不知道！”
一个从一开始就输给了任何一个人的人

用电击炼丹，在虚拟的墓穴里与虚拟的宫女交配
现在，需要我们施与援手，他才能在担架里
翻身、喝水、口出狂言，史诗般的虚妄
一如量身定制的水底的囚禁室。仿佛在自己的葬礼上
他分配到的是个哭丧者的角色

九

以内。划分边界时，祭司会在岔路口
竖上一根木桩，刻上“以内”，但向外的开垦
也是由祭司一手经办。当彩虹
凭空连接起两个鲜有杯葛的王国
经他主持的婚礼，便有着无比奇幻的
开放性：新郎是山中走投无路的光棍汉
新娘则是天上法术无边的女神仙。他们的婚姻
迄今还未遭受现实的质疑，因为新郎的孤守
人们视其为无关痛痒的“此刻”或“现在”
而他们更倾心于末日或末日之后
此刻：神圣婚礼散场后的新郎在仰望星空发愣
此刻：新郎逢人便说天上的新娘已经怀孕
此刻：鲜花寺中，一位来自越南的年轻僧人
醉心于万物的细节，他看见

法莲师父真身的双目内
流出了两行月光一样的泪水
而受人爱戴的祭司，正把从广州前来贩茶的两位女商贾
带到黑漆漆的荒地上，将她们许配给了
两棵鬼魂附体的棕榈树。女商贾在内心
耻笑着自由时期假借神灵之名干下的荒唐勾当
却又对旅游者灵魂出窍的奇遇
对“心怀鬼胎”这个成语
抱有违禁的，出轨者方可体验的一阵阵窃喜
如果真的会降临一场审判，她们决定
挑战法官：“请快一点动手吧，法官先生
两位棕榈树夫人，她们等待您的责罚
已经等待了很久！”一声叹息后，目光的温度下降
接着说：“而且我们为之遗弃了你们所许可的自由！”
荒野沉重，似有木鼓声从另外的棕榈树后面
低缓地传出。祭司转身离开，两位棕榈树夫人
分别抱住笔直的树干。萤火虫提供着
光的信息，但止于荒野之光微弱的本体

十

准备了牛头、麂腿、流着鲜血的公鸡，也准备了

基诺洛克小镇上出售的红牛饮料、塑料梳子
黑色的羽绒服和古怪的铁锤
那个与女神仙结婚的中年男人跪伏在
阿嫫杳孛的祭坛下："阿嫫杳孛，您这万能的
盖地的妈妈……"他想求取救赎，让一个矮人国里
用血水泡饭充饥的人，能像巨人那样痛饮美酒
想在电站工地上遇见自己的妻儿
可他害怕秘密一旦出口，俗世的私欲只会换成
阿嫫杳孛无边的寂静，而那望天树顶上排着长队
前往人世的妻儿，也将被阿嫫杳孛遣返天空
所以他咬紧牙床，丢开了生涩的祷词
浑身颤动地哭了起来。哦，他哭泣的样子
阿嫫杳孛转述给祭司："这位电站工地上的石匠
抱着他未来的孤魂，在祭坛下厮打了整整一个晚上！"
"未来的孤魂？"阿嫫杳孛自知失言，也没有补救
群山已成寺庙的屋顶，突然增多的神灵
瓜分着她曾经一手遮天的法权。她当然希望继续
操控着轮回空间里的一切，可有的命数、观点和格局
已被引向另外的轨道。她的威仪缩小了宽度
仁慈的高度也在不声不响地降低
这些祭坛下渴望拥有生物学丈夫和生物学父亲
双重身份的梦想家，电站动工之前享受着半人半神的

荣耀，现在不仅把磐石般永恒的时间捣碎为颗粒
而且他们前往天空的动力已然减少了一半
他们与闯入者交换心脏。他们用种子酿酒
在寨心广场隆重招待切断他们来生之路的人
“阿嫫杳孛，阿嫫杳孛，阿嫫杳孛……”
阿嫫杳孛知道，她神圣的名，明天就会演变为绕口的
婆娑世界上具有异质的行酒令

十一

关注尘间琐事的人，走在关注心灵痛感的人
身后。自由时期的橡胶林
白色的稠液从创口流出来，其流体中混入了
赌徒的心跳声，比阿嫫杳孛时期的椰子汁更能隐喻
变色的血液。以“关注”作为职责的两批人
拿着放大镜、笔、白纸，准确记录下来的却不是
青山毁灭时的面孔，他们均被贩毒的赕佛者
吸引了眼球。金钱的数额。为之诵经的活佛名字
缉毒警察邀请赕佛者造访故乡时
列举的贫困人口的数目。他们当然没有留意
人群中始终存在的面具与坏笑，那颠覆了庙宇的暴力
同样被视而不见，以为“有某种慈悲电流一样

令人发抖”。时间很快就将证明的“同谋”关系
在哈尼语、傣语、基诺语和汉语中
悄然翻译为“灵魂的伙伴”。他们不再羞涩
逐渐地通过语言而变成同一个阵营里
有不同意见但方向一致的同仁
有时，互相朝对方的脸上吐唾沫，恶语相向
有时，在澜沧江边的客栈内共用一个没有出处的
绝色流莺。像共用同一种变质的语言那么坦荡
把所做的一切公示于微信的朋友圈
他们则这么说：“在银河的波光里畅游，我们
竟然有溺亡的冲动，死亡完全是一种奇迹！”

十二

四面的山峰一一向后退出二百米
从电站工地上撤下来的三位面容模糊的人
脱掉了鞋子，穿过带刺的草丛，棋盘式的耕地
死刑犯一样跪倒在一块巨石下面。巨石的阴影
缓缓移动着，从溪水始发，经过他们的脊背
再移至竹林，若宽大的道袍在无风的时辰
自觉地拂过他们的身体。“乔达摩·悉达多
来过这儿，溪水出自他竹杖插出的泉眼

巨石顶端那个洞窟，是他留下的脚印……”
三个内心空洞的人遵从祖先的说法。在二十年前
有人通知他们：“耶稣派来迎接你们的直升机
将停在巨石上！”他们也为此等候了漫长的时间
叭岩冷[①]、孔丘、孔明显迹于石上、石下、石左
石右、石腹，他们却如此
死刑犯一样跪下。不少的教义、思想、观念
尚未产生功效，已经被取代和遗忘
另外一些，一直是未知，却像巨石或日头
被永久地固定下来。偶尔也有某种受命于偏见的狂潮
从巨石边路过，像瘟疫，人们还来不及正视
和反对，死刑犯在刽子手动手之前便死于非命
月亮，清风，松竹梅，不需要清晰的理由
就光顾这儿，因为日常性，也因为简约的外像下
暗藏了被反复高估的哲学或道德
谁也无力假借它们的力量搬走压在头顶的
一块块蛮横无理的，其他巨石

① 叭岩冷：布朗族先祖，传说中的第一位种茶人。

十三

众多的战例中，理论家认为，如果兵马通过运河
从北方南下征蛮，首选的仿效战例
出自澜沧江云谲波诡的史册：战士的血肉之躯
就地解散，如数还给竹楼里盼望怀胎的女子、耕地和屠虎
伟大的国王，勇猛与胜利的象征，他只需统领着
战士的灵魂，招安大江两岸的孤魂野鬼
浩浩荡荡地乘船前往沙场……隐形，嗜血，冷酷
“一场恩威并重的杀伐就可以始于想象、止于想象
无须付出一颗头颅和一两白银。”
非常遗憾，理论家皓首穷经，在史册中
至今没有找到号令鬼魂，然后又在战争结束时
遣散和安顿鬼魂的法术。读者由此推断——
在理论上，我们可能并不知道自己现在
身在何处，不知道在哪一场战役中与人交锋或已经阵亡

十四

踏着月光，祭司去酿酒作坊赊酒
“酒钱先欠着，或者改天我还你两只

祭过水神的公鸡?”作坊主是从无量山迁来的汉人
眯起眼睛盯着祭司:“那倒不用，您也别还钱给我
要不您也让我娶一位铁匠女神[1]做老婆?”
酒坊的几张木桌边坐满了买醉的山货老板
浪笑，起哄，比鬼还缺少对祭司的尊重
“噢，铁匠女神全部嫁给了基诺山的儿子
在天涯客栈被奸杀的那个缅甸女鬼
她还无人认领，异教徒，我可以让她血淋淋地
侍候你一生!”祭司的诅咒令作坊主神色剧变
一只乌鸦栖息到了头上，他惊慌地抱起一个酒坛
朝着祭司愤怒的背影追赶。月光下又传来
一声声新的诅咒,“啪嚓”一声
四处弥漫的酒香掺杂着箭毒木浓烈的气味
月光的性质变得诡异，私仇与公恨混淆不清

十五

渡劫修习的人为鲜花寺发明了一种
示外的法门:盲人安坐深渊
有三只以上眼睛的人可以多领取油膏，在光里点灯

---

① 铁匠女神:基诺族的农耕文明史中，铁和铁匠享有崇高的精神地位，女神也因此称之为铁匠女神。

他们还把江水的一段改建成放生池
于险滩的底部放置一间牢不可破的玻璃小屋
取名为“灭顶斋”。寺门重开之后，他们的机心
十分现实：给深陷劫波的人一个机会
可众多的法门均是对空苦浮世的误判，仅仅适用于天使
和空深的空门之内。没人来玻璃小屋研究滚石与暗流
巨浪在头顶飞过，无处可逃，绝处逢生
暴乱中安坐，类似的体验人们无时不在经手
“灭顶斋”让灭顶多出了一倍。所以玻璃小屋
一直空着——直到昨天黄昏，它才
第一次投入使用：他们在里面供奉了一尊
石菩萨。石菩萨严重风化，人类特征所剩无几
看上去更像一根寺宇废墟上拆移过来的石柱

十六

“他们带我进入迷宫，然后又将出口
从外面一一堵死。”担架上的守墓人习惯了
对着世相深情地旁白。每一次却把“我们”
改成“我”。“他们”也可能只是“他”
守墓人却一口咬定是“他们”
其坚实的例证取自宗教史：“王国里的石佛，佛身总是

国王身体的尺寸，面容也有一半属于国王。石佛非佛
而是他们!”他的话音未落，世界“咔嚓”一声
变窄了,“我们”缩小为“我”——
我用一页信纸小心翼翼地把他嘴角的唾沫擦光
又将他挥舞的手臂按回担架内，嘴巴里
含着一颗糖，这才对着这个铁锈满身的老人
柔和地说道:“与你有差别，我一直徘徊在你说的那座
迷宫的外面，山峰与坟墓一眼就能分清……”
这是我有意地言过其实了，至少他的冤屈
如一场遥远的空难，我根本无力从人与物的残骸中
找出黑匣子。“我们”凡是遇上大地震
思想就逃亡，身体里的黄金冶炼为逃亡的车轮
不停地逃向余震不断的重灾区
最后，只能是在自己的担架旁边用带血的双手
刨出一个墓坑，自己翻身掉进去

十七

电站工程进入汛期后，工程师堆满蓝图的桌面上
混进了几本雨林研究史料。孟高棉语，迷雾让清澈世界
只留下一件袈裟。传媒演奏着物质生活的
欢乐颂，但也对骑着圣象走回头路的人保持着

无私的敬意。时间在法莲师父觉悟之前
已经具有榕树的形状，传教士的肺腑，梦境的面积
“它有着春风与瘟疫的品质，但它终究是铸刀的钢铁
刀改铸为大钟，灵魂还是刀，而且大钟、金刚杵
必然重铸为刀。”工程师把“翻译体”里悲观主义的成分
平移到大坝，泄洪闸和机房的平面图上，用彩色铅笔
补充了密密麻麻的人影。他听见了自己的心跳声
看见了研究史料中所说的“劳工们正把银河里的沉船
打捞上岸，燃起篝火，烘烤狮子肉”的场面
另一个场面也就接踵而来：“开挖山洞的劳工
窒息而亡之后，身体全部风干，继续挖掘着，如果
遇到新来的劳工，他们的骷髅就会走过去搭话……”
蓝图眨眼之间变为旧纸。史料中洪水泛滥
工程师夹杂在钻进大鼓或葫芦[①]
向着应许之地远航的兄妹情侣之间

十八

“没人因做巨词的仆人而心安。那些由箴言和理论
驱动的叙事，证明叙事者陷入了

① 大鼓或葫芦：基诺人在大洪水时代逃生乘坐的是木鼓，拉祜人乘坐的则是葫芦。

个体和集体的双向困局。他叙述的事件与他对立
始终在反叛他，有过去时的仇恨，也有进行时的诬蔑！”
沿着史诗中的冥河走来的是两位闪电的贵宾
他们边走边聊，话题由工地死亡事故的隐蔽内因
延展到史诗中语言机制的失当。“你把死亡之重
推还给阿嫫杳孛去测量之际，手掌里握住的细沙
已经从指缝间悄悄流空。”细沙在字斟句酌的语境中
惯性化地充当着人口数量的喻体，多而且轻，提醒人们
控制悲伤的能力需要进一步增强。史诗中的人口
曾经减少到两位，也许他们想到了绝迹于雨林的
替代词：“孟加拉虎”。但又惧怕闪电的照耀之下
烈怒的孟加拉虎，集体性复活于人体和语言
因为语言的准确而涉险，约等于不懂汉语的祭司
固执地用汉语的语音给汉人喊魂，没有一次喊对名字
两位闪电的贵宾“声音自火焰的顶端发出”[①]
秋蝉忙于寻找烧毁的翅膀顾不上叫喊
夕光隐入牙床似的河床又返照回岸上。视线中的万物
罹患阿尔茨海默症：离开自己的身体
蜂拥到他们四周，茫然地向他们鞠躬，问好

① “声音自火焰的顶端发出”：引自但丁《神曲》。

十九

躯体小如玉兔，但腮帮上长着
决斗者粗粝的獠牙。涉水必催生新的拯救者
心肺间藏着诗人的它们却每天黄昏坐在
水位高过树冠的江岸，神思恍惚地与落日告别
单方面地得出结论：鼷鹿[①]家族之所以濒临灭绝
不是因为人们又造出了大洪水，起因仍然古老如谜——
落日并不接受对其“沦落之罪”的审判，而且誓不回头
哦，鼷鹿，勐腊县银生节度[②]时期最美的玩偶
以不同的金属，千奇百怪的木料、骨头和泥土
呈现过自己逼真的形态，还在佛陀讲经坛下
“翅膀一样伟大”的造像博物馆里一再修改过生命周期
……一边哺乳……一边发情、受孕、怀胎……
吞食无花果、炮仗花、刺桐花，模样可爱
像傣王爷宫女培训班上精通媚术的小妖精
——但它们也不敢懈怠，启示随处可见：只要在某棵望天树下
沉醉于生殖，在生殖时高估生殖的意义

---

① 鼷鹿：国家一级保护动物，地球上最小偶蹄类的动物，濒危物种。我国仅西双版纳勐腊县热带雨林中有少量存活。

② 银生节度：南诏国于西双版纳设置的区划名。

忘我地把附体的魂魄派往陌生的星座、宫殿、寺庙
那留在树底下的躯壳，醒着或者沉睡，在白蚁群抵达后
均会于毫无抵抗的瞬间变成一堆白灰
“看啊，这雨林中悬空的湖面，天空里垂下的巨人国的
输液瓶……”礼赞的声音罔顾鼷鹿夸张的生活背后
断子绝孙的孤独，也压制了阿嫫杳孛
赋予诸位女神的春天的性欲。人世上的丈夫在输液瓶内
状若浮肿的标本。鼷鹿的獠牙被祭司研磨成药物
“那是麻醉野象的药液，它们哗哗作响，它们燃烧
它们被输至枯叶蝶、青松、茶人的静脉之中……”
祭司的影子里站着一个比例缩小的人，竖着耳朵
收集影子之外的动静，言辞具有豪猪的能量

二十

“已有的事，后必再有；已行的事
后必再行。日光之下，并无新事。”[①]
传教士的墓碑在菩提树将它颠覆之前
拉祜与布朗的老年信徒，曾在金色的晚风里
把鲜红的塑料玫瑰插在石缝中间

① “已有的事，后必再有；已行的事，后必再行。日光之下，并无新事。”语出《圣经·传道书》。

忏悔：猎虎的人没在江水里洗净刀口上的鲜血
祈祷：众人修筑公路时，在几株梅花树底
挖出了运送佛经的白象的遗骨
希望有一个应许的角落可以安葬
忏悔：神的家已是废墟上的一棵橄榄树
祈祷：希望时间也能打开锈迹斑驳的窄门
提前收受不被众人悦纳的少之又少的老翁和老妪
塔林中落叶飞舞，在塑料玫瑰上没有采到蜜汁的
几只野蜂，“嗡嗡”乱叫，像几把飞旋的微型电锯
“嗡嗡”，断翅。“嗡嗡”，锯齿发红……

二十一

傣历1380年泼水节。人们接受圣水洗礼
喜气洋洋，分别在银河的两岸
隔着河面交流着狂欢的趣闻、细部，发出尖叫
苍鹭引着老挝的商船，山头汉人[①]加入波涛的队伍
在他们中间打捞又一次被抛弃的傩面

① 山头汉人：旧时赶马帮至西双版纳并居住下来的汉族人，当地人称“山头汉人”。

公元，账单。升空的孔明灯[1]远离了结局，蝴蝶纷纷诞生
另外的平行空间内，满载着少女的花车正缓缓驶过
大金塔下泛着一层水波的沥青路：祈福法会
已经接近尾声，没有一个人承认自己两手空空
也没有一个人掌握了点石成金、借尸还魂的技艺
石拱桥边幽森的旧银器铺里，来自过去的微光
有形状和刻痕的时间，隐迹的土司时代的主人
他们同归于暗物质系统但又令人眩晕的
现身于实物。一位身患失忆症的瑜伽教练
最近又承受着狂想症的折磨，他用放大镜察看
一只精美的婴儿银锁，忍不住赞叹："哦，世界
曾经如此的年幼，银光刺目，叮叮当当
不需要水洗，也拒绝求救！"有好事者从手机屏幕上
抬起头来，生硬地搭腔："现在到处阴魂不散
而每一条到港的船只又总是卸下赌石商人未知的玉原石
……就在昨天，一尊驮经的银马雕塑被人熔化在了
鲜花寺的围墙外。"上千人组成的象脚鼓方阵
经过银器铺门口，鼓手分明抱着的就是一根根
沉闷地吼叫的象腿。这极端的声响意在复制战象群
横扫印度支那半岛时的壮阔场面，但其夸张的雄心与血性

---

① 孔明灯：亦称天灯、许愿灯、祈天灯，传说为孔明所发明，云南南方诸地春节和元宵节有盛大的放灯仪典。

马上就被随之而来的，杨丽萍式的孔雀舞
无情地化解为街头空想家的笑柄
“转眼成空”，任何一种时间也未能准确地记录下
同时登场又互相注销的群体化的大戏
“哗、哗、哗”，一盆盆冷水兜头泼将过来
至善的本愿中普遍加入了戏耍与恶意
又一阵“哗、哗、哗”，奋起反击的人嘴巴里嘟噜着什么
瑜伽教练的妻子湿漉漉地返回银器铺，用旧毯子
随意地捂住胴体。她蝉翼似的白色长裙已经暴露了她
双乳间的欢喜佛文身，小腹上横切的刀痕

二十二

他们：那些越过边境线，从山道尽头的月亮中
猛扑过来的少女们，标价二百元人民币一公斤
哈哈，价格与下等普洱茶没什么区别
它们：前往司杰卓密[①]的道路上人满为患，而且多数人
手上提着明灯，押送着钢砼，发誓要把那儿
改建成一座脱胎换骨的非凡的大学城
我们：混迹在女神们的丈夫中间，徒劳地在江上

① 司杰卓密：基诺族神话中的天国。

将下游的水担取到上游。这仁慈的
非法交易不会无端的中断，除非“我们”攒够了
赎身的能量，而且无须用空虚的理论自证清白

二十三

慌乱的脚步声、呼吸、心跳
与拂晓的寂静格格不入。敲打晨钟的少年和尚
昨天并没有在日落之前赶回寺院，一场暴雨为他
提供了犯禁的理由。袈裟还在滴水，手上握着两朵
不知要献给谁最终又没能献出的木雕鸡蛋花
他闪身至鲜花寺虚掩的旁门，硬着颈项的脑袋
已经伸进了院内，又才退回，吃惊地打量着
担架上的守墓人，我们。“傣药断货已久
履新的泰国大佛爷还没到，还在清迈……”
——我们鱼贯而入，无主与无序正好可以在菩萨的
注视下，安顿一个惨遭天意磨难的走投无路之人
守墓人心有不甘，从贴身的衣袋里找出一张
发黄的照片：上面的“他”，年纪不到二十，高扬着双拳
在欢迎入城大军的戏台上引吭高歌……
“他是我吗？是吗？”是的，“他”就是束手无策的他
他也是我，我们。当我们从寺院里走出来时

晨钟懒洋洋地敲响了，用孟高棉语题写的鲜花寺巨匾
有雨后的一束阳光照耀着，像一面新生的绝壁
语言带来的圣殿或深渊，不允许眼睛去洞见

二十四

什么也没有，天国之说是强加的，象征性
是强加的，深入人心的思想、场景描述、自由与富足
一一出自想象力，硬塞给它。它，司杰卓密
借以否决人世的圣地，傻子也能指认的成仙之所
身份与阶段消除之后，父女、母子、兄妹
人鬼和鬼神之间可以喜结连理的极乐之国
凡是以肉身抵临的人，都说山丘上什么也没有
包括圣迹和遗迹。没有。包括“没有”也不存在可疑的
蛛丝马迹。看，寻找，发现，结论，显得如此多余
而且滑稽可笑。“木炭变成黄金，耳朵灌满仙乐
铸剑铺里的女神像阿嫫杳孛一样绝美。”
仿佛集权体制所能征收的奇观悉数呈现在山上
那些我们奇缺的，未经命名而又人人知晓它们到底
是何物的精神财宝，也预先存放在了岩石中间
无人看管。多，宽度和高度不受限制
想要什么，什么就会由草叶或树枝变化而至

想干什么，什么都因为圣洁之名的护持而不可
嫉妒与打扰。女神与久别的丈夫在树冠上做爱
凤凰张开巨翅为他们遮挡烈日、暴雨、闪电
石头自己成佛，水牛和祭司是亲兄弟……
没有平庸的“冒犯”“救赎”，没有滴在火焰里的血
没有从白骨中伸出的手掌。没有，什么也没有
万有已被肃清，幻象尽归幻灭。在“现实”最为凌厉的
眼神逼视之下，神话与史诗主动从婴儿的嘴巴上
移开了自己的乳头，把充盈的乳汁挤入了沙砾
司杰卓密的山上，人是不明之物，人的智慧
心灵、双手，未曾触碰和改变过“没有”之上的
事物的形质。没有：我们一直将不为我们所创的一切
称之为“没有”，空空如也；空，繁星闪烁之处称为天空
虫羽草木生息之处称为空山、空地，寺院称空门
——目空一切。现在，这山上空无一人，空无一物
在“没有”与“空”高度统治的地界内
松树、岩石、溪水、飞鸟、白云、断崖、蝉鸣
死寂、野花、橄榄、枯草、阴影、日光、蚂蚁
凉风、构树，无疑都是另册之中的物种
应该有着另外的命名，至少只能用傣语
基诺语和布朗语称呼它们。面对未经许可的汉语的喊叫
它们有权保持沉默。司杰卓密，司杰卓密

它从不间歇地填充着与活人数量相等的灵魂的山丘
人们说上面什么也没有。一头孟加拉虎像一团彩色的气流
从山顶上腾空而过，他们否认老虎有着两只
阿嫫杳孛乘坐的金翅膀："那是一头老挝国家森林公园里
逃出来，转了一圈，无处觅食又自投罗网的笨虎！"
他们没有看见金翅膀，没有看见阿嫫杳孛
只看见了出没于他们眼睛内的一头正趋于"没有"的虎

二十五

"建一座永恒的博物馆，再建新的祭坛和神庙
大约需要多长的时间?"黎明时分
参与讨论这个问题的无名氏们如梦方醒，预感到
古老的太阳可能不会正常的升降了，有的人
准备撤换了它。但基于时间的反动，他们也缺少
对抽象之物发自内心的礼拜，时间观念残缺不全
所以，无人愿意在白纸上或手心里把时间演算为
弑神者前行的进度。他们将讨论的重心轻松地
挪向白银的投入数目，关注在此浩大的建筑工程中
他们将"荣幸地"争抢到什么样的现实角色
一些无名氏甚至测估出了自己的家族在虚拟的项目里
必将获取的永久利润，神职岗位也在瞬间就瓜分完毕

唯有极少数的人因为工程的神圣，因为反暴乱
陷入了惊恐、不安：“在阿嫫杳孛之外
我们要另封一尊神灵，是不是宣告某一位邻居
具有了创世的力量，并能为现世的毁灭而担负重责？”
反问压制了母题，众人面面相觑，仿佛没有了
地面上这猛然长出的一丛剑麻，他们就可以
明知故犯地把额头磕向禁土。灌木丛凝固为风
铅灰色的地平线上适时地传来特懋克节[1]
惊天动地的公鼓和母鼓的巨响。颂铁的节日
坚硬的物质统一散发出头颅状的耳环花[2]的芳香
桤木、红毛榉、橡胶，像百米跑道上冲刺的临盆的孕妇
婴儿诞生在身后，而她们血淋淋地飞向了终点
——无名氏们屏住了呼吸，把自己重新还给自己
感觉身体内的蜂巢引来了火焰的焚烧，逃窜的蜂群
针蜇着紧急收缩的内脏。而那极少数人偏偏有着
黑铁的品质，声音刺耳，像新上任的祭司在旷野上
第一次背诵没有出处的箴言：“只要狮子发出了怒吼
即使面对涂上剧毒的箭头，它也不会放弃

① 特懋克节：基诺族最隆重的节日，亦称打铁节，为纪念铁器的创制使用而举行的节庆，逐渐发展为该民族的年节。

② 耳环花：类似于牵牛花的植物。基诺人取其形，将人的灵魂，用茅草扎成头颅状的耳环花，安放在房顶最醒目的地方，作为护宅的神灵。

实的猎物，空的猎物，虚往实归的猎物！”

二十六

黄昏，住在树上旅馆的人在铁皮天桥上
心有所思地来回散步。就像基诺族长老命令铁匠
负责给某个村寨做一个美梦，以卜梦所得的结论规划
来日那样，他也得从天空的视角
在今夜为我们做梦，一个没有时间性的美梦
我们如约召集了基诺洛克小镇上所有的人丁
在旅馆和天桥下点燃篝火，吃着麂子肉，痛饮米酒
欢送他前往梦境。但他散步的步伐越来越快
使得他的身影变成了一串互相推着飞跑的影子……
当我们认为他已经进入梦乡时
当负责卜梦的人预感到他会给我们带来一个
“在天空里团团乱转”的梦体时，他突然一个急停
“哐啷”一声，一屁股坐在天桥上
对着山巅上血红的落日放声大笑起来
卜梦人说：“他只是一个凡夫，干不了神的工作
疯了，他疯了！”我们是卜梦人的鹦鹉
万人齐声重复：“疯了，他疯了！”

图书在版编目 (CIP) 数据

鲜花寺 / 雷平阳著. — 北京 ： 北京十月文艺出版社，2020. 9
ISBN 978-7-5302-2051-1

Ⅰ. ①鲜… Ⅱ. ①雷… Ⅲ. ①诗集—中国—当代 Ⅳ. ①I227

中国版本图书馆 CIP 数据核字 (2020) 第 091167 号

鲜花寺
XIANHUASI
雷平阳 著

出　　版　北京出版集团
　　　　　北京十月文艺出版社
地　　址　北京北三环中路 6 号
邮　　编　100120
网　　址　www.bph.com.cn
发　　行　新经典发行有限公司
　　　　　电话（010）68423599
经　　销　新华书店
印　　刷　河北鹏润印刷有限公司
版　　次　2020 年 9 月第 1 版
　　　　　2020 年 9 月第 1 次印刷
开　　本　850 毫米 ×1168 毫米　1/32
印　　张　5.5
字　　数　116 千字
书　　号　ISBN 978-7-5302-2051-1
定　　价　39.00 元
质量监督电话　010-58572393
如有印装质量问题，由本社负责调换。